Fate strange Fake

7

成田良悟
Narita Ryohgo
插畫／森井しづき
原作／ TYPE-MOON
Illustration:Morii Siduki
Original Planning:TYPE-MOON

Kadokawa Fantastic Novels

——別這樣說嘛，老師。

——艾梅洛教室的標語不就是獨立自主嗎？

摘自《艾梅洛閣下II世的冒險》某學生之發言

nge Fake

前情提要

發生於冬木地區的第五次聖杯戰爭過後數年，在美國西部都市史諾菲爾德觀測到聖杯顯現的徵兆。

美國魔術師法迪烏斯．迪奧蘭德背叛魔術協會，導致「假聖杯戰爭」爆發，吸引世界各地的魔術師競相前來爭奪聖杯。

然而他們接連召喚到史諾菲爾德的六騎使役者，不過是「真聖杯戰爭」的催化劑而已。

繼神祕「劍兵」現身後，戰場上又有六騎英靈接連露面。含特殊職在內，本次共有十三騎超乎常規的使役者。在各方主人、使役者與關係人士鬥智鬥勇之中，「限期七日」的聖杯戰爭揭開序幕。

戰況在第二夜加速沸騰。主人巴茲迪洛率領阿爾喀德斯，要消滅蒼白騎士之主繰丘椿。警察陣營和費拉特為保護無力對抗的椿而聚於醫院，而劍兵理查與吉爾伽美什卻在這時跑來攪局。

Fate/str

阿爾喀德斯原以壓倒性戰力瘋狂肆虐，後因大仲馬的寶具與費拉特的機智而身中九頭蛇毒。不料成功壓制毒性反而使其覺醒，此後鎖定吉爾伽美什猛攻。就在距離擊敗阿爾喀德斯只差一步之遙時，吉爾伽美什的「國王的財寶（Gate of Babylon）」意外關閉，自己也中了九頭蛇毒。而從中作梗的，原來是艾因茲貝倫的人工生命體菲莉雅體內所寄宿的女神伊絲塔。

當眾人仍為吉爾伽美什戰敗而錯愕不已時，西格瑪與假刺客欲以其他途徑接近椿的身邊。然而死徒捷斯塔早已布下計策等待獵物上門，將他們連同聚集在醫院前的群眾囚禁在椿的使役者所創造的虛擬世界——「夢境中」。

在「夢境中」，阿爾喀德斯的寶具之一「地獄三頭犬」失去控制，使得眾主人與使役者一度苦戰。在暫時合作之下，他們尋得了一線生機。最後是椿本身得知夢世界的真相，自願放他們返回現實。

但是，就在費拉特察覺沙條綾香的真實身分而接近她時——狙擊手的凶彈擊穿了他的腦袋，費拉特·厄斯克德司當場倒地……

美國某山中　木屋內

這是位於深山天然結界內的豪奢木屋。

一群與周圍廣大自然格格不入的男男女女，在其中央的會議室裡開會。

他們的面龐隱約浮現在陰暗之中，有幾人身穿高級西裝革履、有人身穿軍服，別著一般社會上見不到的勳章。

其中一人明顯是高階將官的風範——且同樣是不曾出現在一般典禮或報導上的臉孔。

儘管如此，明眼人還是一看便知。

知道這些穿戴現代西裝與軍服的人士，有一半是具有魔術師資質的人類。

與鐘塔不同的是，他們之中有些人不是魔術師或魔術使，甚至連魔術迴路都沒有。

與會者人人表情緊繃地持續著會議——來到某項報告時，才終於浮現出放鬆的神色。

「這樣啊，鐘塔態度軟化了。」

「是的。君主特蘭貝利奧的代理人表示，這件事談不上人情或恩惠，而是單純當成正式交易處置……」

「嗯，這樣很好。即使我們的優勢在於國力並不受魔術影響，鐘塔裡那些君主還是沒有一個會這樣就打從心底信任我們，兩者是相同道理。」

於是，幾個人跟著出聲應和：

「說到底，魔術師之間本來就沒有真正的信任。」

「更別說他們當我們是魔術使。」

有人如此自嘲之後，看似中心人物的男性將官開口了。

「但是，鐘塔打算對這件事『閉一隻眼』。對於他們在城裡的人，也願意『妥協』。」

「這樣真的好嗎？法迪烏斯報告裡的那場怪病……多半是某種詛咒，會讓他們出不去吧？」

「無法躲過詛咒逃出去的人，只會是魔術世界不需要的垃圾而已。說不定，點頭的人是希望城裡那些鐘塔魔術師盡量消失呢。」

「派系鬥爭嗎？也就是說，鐘塔三派今後也還要繼續鬥下去……」

「不鬥怎麼行，鬥得越大，我們越有機會插手。與其看他們統一方向，不如讓他們繼續互鬥還比較方便我們行動。」

從他們的言論，能看出他們提防、畏懼鐘塔的同時，也企圖伺機反咬一口。

「是怎麼對總統說的？」

看似西裝組首領的高挑女性詢問穿著軍服的男性。

「還沒報告。我打算全部事後再處理。」

身穿西裝的女性對此頗為不屑。

「……你認真的？到時候你想怎麼圓場？」

「跟總統說明那是阻止他們魔力失控的緊急處置就行了。雖然需要另外編個故事應付外國與媒體，但現在說『那是小行星對撞的後續影響』，不管誰都會信吧。」

這麼說完，軍服男的視線轉向男性部下。

部下點點頭，在會議室螢幕播放出許多電視台——包含幾個外國知名電視台的畫面。

「……怎麼有地方在播動畫？」

「日本吧。」

「……既然『直接的災害』不大，這也是正常的事。」

「我們這不只是華盛頓有災情，連俄國領土都有事。要是走錯一步，搞不好就要核彈滿天飛了耶。」

西裝組的女性苦笑著重新掃視螢幕。

除了一小部分外，各國電視台都播映著同樣的「破壞殘跡」。

畫面上的字卡都是大大小小的「隕石」與「遭飛彈攻擊」等字樣。

「話說回來，還真是可惜呢。」

軍服男看著占了各大電視台一半畫面的影像──「北極圈冰帽大面積消失」的情景，淡淡地說道：

「如果這力量……不是個人意志所操控的神祕，而是掌握在我們手裡，那該有多好……」

「別傻了。光是想把神祕拿來當國防武器，鐘塔和阿特拉斯院就會來把我們掐死了。可惜歸可惜，但別忘了我們在魔術這塊就是個菜鳥。要是能籠絡緹妮．契爾克一族那樣的古老血脈，或許還有點轉機。」

西裝女苦笑著安撫軍服男後，半自言自語地低語道：

「我們是由於這個緣故才會答應法蘭契絲卡的計畫……選擇把魔法降格成魔術這條路。雖然這次沒有成功，但這本來就是百年大計，不必操之過急。」

周圍的人聽了紛紛開始嘆息。

「所以我們美國本土上第一次聖杯戰爭，要以無效收場了嗎？」

「冬木那邊都連續無效四次了吧？」

「第五次的結果調查上還遭遇很多困難……」

「既然尤利菲斯過來了，便不能輕舉妄動。」

軍方首領揚手要眾人安靜，繼續自己沒說完的話。

「淨化這座城市以後，法蘭契絲卡會把大聖杯的骨幹系統帶到其他地方，為下一次奠基。考慮到魔力源斷絕的問題，到時候這次的英靈都已經滅了一大半吧。」

軍服男說完看看手錶，對會議室內所有人宣告：

「從現在起，代碼983『極光隕落（Aurora fall）』作戰正式啟動。」

西裝女閉上雙眼再睜開，以如炬目光環視眾人並接著說：

「四十八小時後，史諾菲爾德將會受到『淨化』……我不會說這是為了國家利益，也不會用正義美化它。」

「但是長遠來看，這將會是用來提升人類整體利益的祭品，各位不必過度自責。」

於是，這場會議兩天後——

名叫史諾菲爾德的城市，將從地球上消失。

逾八十萬居民全部陪葬，無一倖免。

虛偽聖杯戰爭的黑幕們為何會下如此決定？

全是距今一天前——

年輕魔術師費拉特·厄斯克德司之死，與隨之誕生的「新生命」所致。

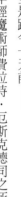

接續章
「梅薩拉・厄斯克德司」

很久以前，有一名魔術師。

雖成不了魔法師，卻是個滿腦子古怪思想的強大遠古魔術師。

其名為梅薩拉・厄斯克德司。

他在現代摩納哥王國境內有間小而深奧的工房，與魔法師朋友和知名魔術師們常有來往。某天，他忽然有個想法。

那個想法起始於友人的一個比喻。

關於或許平凡無奇地與這世界並行，又與這世界不同的無數可能性。

當成瞎扯、童話或玩笑一笑置之也不足為奇，但是——

梅薩拉這名魔術師，反倒在這裡看見了希望。

他甚至相信，自己作為魔術師人生的宗旨始終模糊不清，都是在等待這個念頭跳出來。

在魔術師社會裡，隱蔽研究內容是理所當然的，梅薩拉卻興高采烈地對其他魔術師闡述夢想，到處勸他們跟進這項研究。

而大半的人嘲笑那不可能實現，根本痴人說夢。

也有人說不需花費多少時間，只要改造某人的身體便能結束研究。

事實上，以梅薩拉的魔術能力而言，那或許真的是一條捷徑。

然而梅薩拉也認為，人得在進化到極致後觸及「它」才有意義。

有兩個人，雖不表示認同，卻始終專注聆聽他的每一句話。

一個是給了梅薩拉這個靈感的男子——日後人稱「魔導元帥」、「萬花筒」、「寶石翁」等的魔法師。

另一個則是出身特殊的瘋狂人偶師，日後人稱「魔城」與「財政界魔王」等的魔術師。

觀點不同的他們，各自根據他們豐富的經驗，看出梅薩拉的宏願實現的可能性極低，但絕不為零。

不表示認同，或許是一併了解了後果的緣故。

但是對梅薩拉而言，已經足夠了。

他已擁有能認真面對、研議與反論其學說的知己。

這足以賭上人生了。於是他莞爾一笑，將整段生涯都投注在這項計畫上。

不，賭桌上放的不只是他的人生。

其子子孫孫，數百年甚至上千年的血脈，都成了研究材料。

──「這在魔術師家系裡不是當然的事嗎？」

魔術師聽聞此事，大半會是這種反應吧。

歷史悠久的魔術師家系，大多都為祖先立下的命題獻上了他們的血脈。

可是，梅薩拉的行動有些偏離這樣的常識。

這位興起厄斯克德司家的遠古魔術師，在進行研究的同時埋下了一個機制。

那就是家族命題會隨著血統延續「逐漸失傳」。

梅薩拉並不相信他從未見過的子孫。

並且預想了其中會有人眼看命題達成在即便萌生貪念，不等待完全成熟，要在自己這代強行完成。

──但是，這樣是不對的。

梅薩拉在子孫出世之前，就否定了他們的狂熱。

──某一天，「它」突然完成了。

──非得這樣不可。

──不夠完備就沒有意義了。

假如理論正確，「『它』將會自然發生，並奪去厄斯克德司家的一切」。

拿血脈作材料就是這麼回事。

其完成時，他的魔術師子孫將會認為「厄斯克德司家並沒有什麼命題，只是個歷史悠久的家族罷了」。因此，他們也許會用魔術刻印的特異性找出新命題，或單純想在魔術世界出人頭地。梅薩拉．厄斯克德司害怕成名的慾望，會使得子孫在魔術迴路的進化系統或魔術刻印上動手腳，好讓「自己成為『它』」。

與其讓這種事發生，還不如被那些當初嘲笑這計畫，卻暗自覺得有可能成功的魔術師搶走研究成果算了。畢竟他已經預見，這計畫的前一千年幾乎看不出任何成果。

後來，果然如梅薩拉所料，厄斯克德司家逐漸遺忘家族命題，只是留存在魔術世界裡。

而如此不信任遙遠未來的子孫，對自己的孩子與魔術刻印埋入這瘋狂機制的結果——

即是在一千八百多年的時光過後，梅薩拉．厄斯克德司奇蹟性地走到了鋼索的彼端。

當梅薩拉依然在世，不知這天是否會到來的時候——

他懷想的不是會成為犧牲品的整條血脈，而是一個人——將在那遙遠未來「成功」的那一代子嗣，獨自呢喃。

——「啊……我未來的子孫。不知取作何名，也不知是男是女的後裔啊。」

——「假如你誕生在人理終結之前，表示這把賭注是我贏了。」

——「感謝的同時，我也要向你道歉。」

——「在神祕稀薄的遙遠未來，人們會稱你為神童吧。」

——「說不定，會因此遭到疏遠。」

——「因為你有生以來就具備了那樣的天資。」

——「在人生路上，恐怕會走得很辛苦。」

——「而且當你繼承魔術刻印的那一刻……你的存在將會從這世上消失。」

——「不是死亡，而是消失。」

——「不會到任何地方，不會刻劃在這世上，就只是消失。」

——「但這樣的犧牲，將換來新一代靈長降生此星球。」

——「永別了，仍未謀面的後裔啊。對不起，謝謝你。」

在不會洩漏給任何人知道的地方，梅薩拉對尚未出世的某人道歉並致謝。

就某方面而言，這或許是他最不像魔術師的地方。

「你是必要的犧牲。」

於是——經過漫長的歲月，一名赤子降生於世。

他即是梅薩拉口中將會「成功」的世代。

肩負厄斯克德司家宏願的祭品，費拉特·厄斯克德司。

最後是梅薩拉·厄斯克德司賭贏了。

然而，他也有幾項失算。

費拉特的雙親因過於恐懼其才能，將魔術刻印洩漏給沒有轉圜餘地之處，是為其一。

他們在當地魔術師之間無人不曉的地下賭場故意大輸特輸，「把厄斯克德司家的魔術刻印拿來抵債了」。

地下賭場老闆是梅薩拉的老朋友——「財政界魔王」這點，對梅薩拉而言或許是一大諷刺。

不過，這只是小小的失算。費拉特·厄斯克德司已經在朋友的幫助下戰勝費姆的船宴，取回了家族刻印。

其餘兩項，才是完全出乎梅薩拉・厄斯克德司的預料。

第一是費拉特・厄斯克德司作為超越梅薩拉想像的鬼才而出生。

第二是這名少年邂逅的貴人。

擁有代理鐘塔君主之名的一個平庸魔術師。

× ×

現代　鐘塔

「現代魔術（諾里奇）科的君主目前拒絕與外界有任何接觸，請回吧。」

「怎麼這樣……」

一名少年遭到有法政科佩章的人拒絕，不情不願地退下。

他是人偶師朗格爾的寄宿弟子。為了向艾梅洛二世親口轉達一則重要訊息，來到現代魔術科校舍。

結果在校舍門口就被法政科的人攔下。

仔細一看，周圍抗議的群眾好像都是艾梅洛二世的學生，他們質問著帶人工生命體衛兵守門的微胖青年。

與少年對話的和服女子這邊則一個人也沒有，可見青年那邊比較容易抗議。

這位朗格爾的寄宿弟子看著學生們的神情，心想艾梅洛二世真的很受學生愛戴。

學生對鐘塔的講師，往往是畏懼大於尊敬，有君主頭銜者尤甚。

就連以親切著稱的創造科君主，也恐怕不會受到如此熱愛。

而對於少年而言，這是順當的結果。

艾梅洛二世成為君主後，雖然吸引了許多他科學生前來聽講，一開始選修現代魔術科的學生仍算不上多。

不過，艾梅洛二世的現代魔術科，卻被眾人視為足以影響權力平衡的一大勢力。

當然，他們並沒有魔術協會知名三大貴族那樣的強大力量。

但在這中立派、貴族主義派、民主主義派等派系維持巧妙平衡的局勢中，艾梅洛二世的教室仍具有足以傾斜天平的重量。

少年回想幾天前他與老師朗格爾的對話。

——「蝶魔術的繼承人偉納·西查穆德、羅蘭德·派金斯基、奧格·拉姆、樂蒂雅·潘特爾和娜吉克·潘特爾姊妹、費茲格勒姆·沃爾·森貝倫。你認為這些名字的共通點是什麼？」

少年回答：「他們全是這幾年爬到典位或色位位階的魔術師。」師父卻給出驚人的答案。

——「他們都是艾梅洛教室的學生。」

當時少年在純粹的驚愕中說不出話，而更讓他訝異的是實際與二世見面時，從他身上感受不到半點架子。

怎麼看都不像門下史冊級魔術師輩出的超級名師。少年先入為主地認為，那大概是為了降低他人戒心的偽裝。

「他的課太厲害了吧。我是不是也該向朗格爾老師拜託一下，去聽他講課呢……」

後來少年也對艾梅洛二世做了番調查，查到的滿滿都是卓越功績。

光是他的高徒，除了前述幾個外，還有許多少年這般年輕魔術師特別憧憬的人物名列其中。

獸化魔術才子，在學期間即登上典位的史賓‧格拉修葉特。

將寶石研磨成近乎天然高階魔眼的奇才，伊薇特‧L‧雷曼。

彷彿能將雷電當手腳運使的電氣魔術俊傑，卡雷斯‧佛爾韋奇。

在己代白手建構一整套新理論，如彗星般名震天體科的瑪麗‧利爾‧法果。

曾暫拜二世門下，後於植物科大放異彩的沙條綾香。

「再來……呃，這兩個就算了……」

少年腦中浮現兩個惡名昭彰的女性魔術師之名，但想到自己也曾被她們造成的災禍牽連，便決定忘了這兩個人稱「礦石科惡夢」的女性。

最後，少年想起的是——

艾梅洛教室輩分最老的現任學生，據說現正參加美國聖杯戰爭的費拉特・厄斯克德司。

他曾向老師朗格爾詢問這位有「天佑的不祥之子」之稱的天才。

而朗格爾卻面有難色，確認四下無人之後答道：

——「你最好不要隨便跟他扯上關係。」

——「以前他曾經請我做一個跟他一模一樣的人偶。」

——「當時我拒絕了，不過我對這個天佑的不祥之子的魔術迴路倒是很感興趣。」

——「調查之後，我發現一件事……我想不僅是君主艾梅洛閣下，認為他很有意思的那位天才人偶師應該也注意到了……」

——「他這個人，簡直就是『造來當作【容器】的人偶』。」

——「厄斯克德司家的祖先究竟想拿他裝什麼……實在是非常地耐人尋味啊。」

第二十一章
「以人為形之物」

視認「其」存在，或感受到其魔力的人，反應形形色色。

有人覺得不必放在心上，以後再盤算就夠了，但沒有任何人能夠完全忽視。

因為他們都察覺到了。

察覺到那恐怕是不被歡迎來到此地的「異物」——與英靈同格的「某種東西」現世了。

在這一刻，與它最接近的是劍兵獅心王與其主人綾香一派。

「啊、啊啊……不……不要……」

綾香抱起頭，遮掩發生於眼前的慘劇——頭顱爆裂而亡的青年屍骸，並當場腿軟跪地。

「————唔！」

她否認現實似的慘叫，而心中有另一種情緒油然而生。

——「又來了」。

——我「又」見死不救了……

那便是如此近似絕望的情緒，以及試圖掩蓋那情緒的焦躁與恐懼。

面對眼前才剛認識的青年猝不及防的慘死，使種種情緒瞬時攻上心頭，彷彿觸發精神的保護機制般，另一個冷靜的自己從臉上顯現出來。

——為什麼那個人會被開槍？

——他好像知道我是誰……我卻不認識他。

——因為我是主人？

——那他也是主人？所以才會被殺？

那下一次目標會是誰？

「……！」

綾香即刻了解狀況，抬頭想站起來。

然而眼前的震撼，似乎透過大腦擾亂了全身神經。雙腿想要使力，顫抖的背脊卻吸走了她所有感覺。

這樣的她——回過神才發現自己在劍兵懷裡。

劍兵將綾香迅速抱進附近的建築物，在周圍高樓完全看不見的死角放下她。

「綾香，沒事吧？」

「……！」

——對了。

——現在不是發抖的時候。

「嗯，謝謝。」

抑止顫抖的，是她再度與劍兵立下契約的回憶。

——「試問。」

——「妳是我的主人嗎？」

而她回答了劍兵。

不知所需形式的她，並沒有說出得體的言詞。

只是點頭而已。

如此將下顎往下動，單純至極的動作，卻是她記憶中第一次最需要決心的行為。

——我是自願選擇成為主人這條路的。

她重省這點的同時，當時的決心也隨之復甦。

止息震顫，將叫喊推回咽喉裡。

事到如今，她依然沒能完全理解主人與使役者的關係。

但她知道繼續哭哭啼啼，說自己只是個「受牽連的局外人」已於事無補。
看來無論怎麼做，她都無法擺脫這命運的輪迴。
無論想不想要，都被迫做出抉擇。生命受到威脅，沒有道理的變化蹂躪她的安排。
不過，如今她不再是孑然一身。
要是隨隨便便就倒下，與她立契的劍兵也會歸於塵土。
——不能這樣。
——我虧欠這位國王的，都還沒還上半點。
——……不對，不是為了償還虧欠。
——這是我的私心。
綾香是在自身存在意義不明朗，不知為何而活的狀況下捲入了這場搏命的戰鬥。
為了改變這點。
為了和這個與她沒有任何相似之處，愛管閒事又自由奔放的劍兵一起走下去。
此時此地，沒有她尖叫逃跑的餘地。
力量流過綾香全身，消失的感覺和血氣全回來了。
如今在全身奔騰躁動的，究竟是所謂的魔力，或只是強裝勇敢呢。
——話說……有認識的人死在眼前，也不是第一次了……

綾香半自嘲地這麼想之後，忽然有個疑問。

——奇怪……？

——「那第一次死的是誰」……？

——不，現在不是想這個的時候。

綾香不管心中湧現的嘈雜，站起身來。

接著檢視自己身處的現況，為下一步做打算。

「……」

回想起數十秒前的慘劇，那血紅與腥臭使她一陣作嘔。

但她仍強行壓下噁心感，並詢問劍兵狀況。

「剛發生什麼事了？」

「是狙擊，你們被好幾個槍手包圍了。普通子彈對我們英靈沒用，所以是挑主人下手吧。」

「咦？你是說……那不是英靈的攻擊……是槍？」

綾香嚥嚥口水，轉動眼珠掃視周圍。

儘管她不太可能找得出包含狙擊手的襲擊者，她仍非得問清楚不可。

「跟我搭話的那個人……已經……」

聖杯戰爭是沒有規則的互相廝殺，在光天化日下當街殺人這種事十足有可能發生。

所謂的隱匿神祕，綾香也聽劍兵大致講解過，結果這劍兵居然上了電視受採訪。只憑醫院前的激鬥，就能明白藏身於人群之中並不安全。

「這樣啊……光是用槍殺人的話，就不會牴觸『隱匿神祕』的原則了。」

「是這樣沒錯呢。或許過去的聖杯戰爭也有這樣的案例。喔不，假若是重視效率的魔術師，說不定還會鼓勵這種事呢。所以才會有我們使役者。」

綾香見過西格瑪以及在沼地宅邸周圍監視的集團，知道各處都有配備槍枝的武裝傭兵走來走去。說起來，大多以槍或劍作為武裝的約翰等警察還比較奇怪。

既然武裝集團的槍口會瞄準她，便幾乎沒有地方能待得安心了吧？

綾香這想法使她感到一絲寒風撫過背脊，不禁問道：

「……那如果有需要的話，會用炸彈炸掉那個大樓之類的？」

「是啊。假如目的只是殺人，這個時代也有飛彈或化學武器能用吧？不過做到這樣恐怕會破壞這座城市的儀式基盤。反過來說，若目的是妨礙聖杯戰爭的儀式，很簡單，用所謂的氫彈把整座城市炸掉就行。就算目的是在儀式中獲勝，毀掉區區一、兩座大樓也根本不必猶豫。」

劍兵說到這裡，以頗為嚴肅的表情注視綾香說道：

「哪怕裡面像競技場一樣滿滿都是人，『他們連眼睛都不會眨一下』。」

「……這樣已經是名副其實的戰爭了呢。」

綾香以諷刺掩蓋沉重的現實，讓心情沒那麼鬱悶後對劍兵問道：

「不曉得那個人的屍體怎麼樣了……」

那位青年，似乎知道她的事——正確來說是與她有同樣長相和姓名的「沙條綾香」。

想知道更多情報，與猜想青年會不會是因為見了她才被殺的罪惡感交織之下，讓綾香認為好歹要知道他的姓名。

然而劍兵卻面色凝重地望著他們進來的入口。

「就只是……有件事我覺得很奇怪……聽洛克斯雷說，那個遭槍殺的青年爬起來了。」

「嗯？怎麼了？」

「……咦？」

洛克斯雷是劍兵當作寶具的一部分帶來的同伴之一。

對方似乎是用念話那類的方式報告了現況，而綾香聽了一頭霧水。

「呃，他不是頭部中槍嗎……這樣還活著？難道有這種魔術？」

「如果我沒弄錯，他真的不是英靈的話，有幾種可能。」

劍兵接連豎起指頭說出他的推測。

「第一，那可能是幻術或使魔的替身，不過當場爬起來就沒意義了。第二，他用魔術重生了炸開的腦袋……聽我一個精通魔術的隨從說，若是極為高等的魔術刻印或近乎魔法的神祕，是有可能做到外表上的復活……這點先暫時保留。第三，他有可能是高階的吸血種、精靈種、來自星之內海的幻想種，或是來自星空之外的降臨者那樣的異常分子，這樣就不太妙了。」

「是怎麼個不妙法？」

「隱匿神祕都變成其次了。人類的城市，根本就是不值一顧的沙堡而已。」

劍兵像是憶起曾經見過的「某物」般，透露出霸氣、激昂、畏懼與好奇交摻的複雜表情。

但他似乎又接到後續報告，對綾香嚴肅地說道：

「射殺那個青年的槍手們……早已被收拾掉了。」

「你說收拾……」

綾香明白那字眼的意思，不禁吞吞口水。

「綾香，妳怎麼想？我是很想繼續打，但對方不知是敵是友，建議妳最好以安全為第一優先。不僅是魔力，精神上的疲倦也會降低續戰能力。」

生前闖過無數戰場，在親族詭計中生存下來的劍兵，聽見了直覺的低語。

現在來自建築物外的氣息，比一般英靈還要危險。

「說不定還來不及判斷他是敵是友，這棟建築就已經被夷平了。」

與他們距離次近的，是和綾香一起從固有結界返回現實世界的那群警察。

× ×

幾分鐘前。

約翰與貝菈聽見大道上響起削風聲與柏油碎裂聲，發現那是來自遠方的狙擊。

他們環顧四周，見到胸口湧出鮮血的費拉特站在稍遠處。

並在見到狙擊手轟掉他腦袋的當下，沒等貝菈指示就以附近建築或車輛作掩護。

「沙條綾香她……有劍兵保護吧。」

為身為平民的綾香擔心的約翰，見到劍兵設下水牆帶她逃離後鬆了口氣，同時一股難以言喻的惱怒與哀痛支配了他的腦髓。

——可惡，費拉特．厄斯克德司被……

——誰幹的？其他陣營的主人？

最先猜想的是巴茲迪洛．柯狄里翁陣營的史夸堤奧家族的狙擊手。

可這裡是中央大街。

不僅警察遇襲使得出入受到管制，這裡還是聖杯戰爭「官方」的轄區。

——難道是官方的人……？

——局長知道些什麼嗎？

雖然警方也有使用遠程寶具的狙擊手，不過剛剛那一擊八成不是寶具，單純是正常槍械的物理性狙擊。

那麼究竟是誰下的手？

狀況不適合慢慢推論。

貝菈嘗試聯絡局長時，事態仍在變化。

他們都見到了。

那名腦袋被轟碎的盟友——費拉特．厄斯克德司身邊誕生了難以名狀、幾乎要搗毀目擊者神智的怪物，並朝附近大樓飛去。

那恐怕是英靈開膛手傑克最後的抵抗。

然而，在衝動下絞盡全力的英靈還沒來得及抵達樓頂，就化作光塵消失了。

魔力的傳輸斷絕後，使他無法維持形體。

不知是完全消滅了，抑或只是強制靈體化。

無論如何，既然主人已死，接下來只有重訂契約或消滅兩條路。

雖然約翰他們只是在教堂和青年有過幾句對話，他們仍大致理解了費拉特・厄斯克德司是個什麼樣的人。

費拉特的言行的確不像魔術師，個性相較於一般人也是格外灑脫，但絕不是個壞人。

或許這樣的評斷，與他們不僅是魔術師，還是處於警察立場的魔術使用者，並培養出了基準異於鐘塔等組織的特異價值觀脫不了關係。

——「你們就是正義。」

局長在聖杯戰爭乍始之際說的話，有如祝福亦如詛咒，流竄在他們全身。

因此，他們一時難以接受盟友年輕的性命，如此輕易地從眼前被人奪走的狀況。

「二十八人的怪物（Clan Calatin）」都早有覺悟，當情勢所逼，可以為正義對繰丘椿這名少女痛下殺手。如此一點時間也不給的殘酷死法，使約翰甚感憤慨——

下一刻，那激動成了困惑。

「咦……？」

不只是約翰。

貝菈同樣瞠目結舌，中斷了與局長的通話。

其他警察們也表情各異地為眼前狀況感到混亂。

這是因為——一團影子忽然包住費拉特．厄斯克德司頭顱迸裂的遺骸，隨後，理應消失的頭顱恢復原狀，還站了起來。

弓兵在醫院前戰鬥時身上的「汙泥」瞬間閃過腦海。

但他們很快就了解兩者並不相同。

當時的「汙泥」是彷彿要燒盡一切的暗紅色。後來吞噬他們所有人的綠丘椿的使役者，是要拖入萬物，讓人心底發寒的灰暗。

相較之下，包覆費拉特全身的則是完全的虛無。

那有如吸收了所有光線的純粹漆黑，最後凝聚在貫穿費拉特軀體的彈孔上——

見到出現在虛無後方的人物，使幾名警察忍不住大叫，約翰與貝菈也在冷汗直流中明白了一件事——

那絕對不是費拉特．厄斯克德司。

根本就不是人類。

×　×

水晶之丘　最頂樓

緹妮．契爾克感受到它誕生的氣息，頓時有種全身插滿毒針的錯覺。

儘管如此，為維持其使役者——吉爾伽美什肉體的魔術仍未中斷。

因為她知道只要稍一閃神，眼前的肉體就會因再也無法維持靈基而崩毀。

聚到窗邊看狀況的族人部下們，也紛紛發出疑惑的驚嘆。

緹妮依然不為所動。

接著傳來的是部下們充滿恐懼與焦躁的聲音——

那是什麼？

怪物！

亂糟糟的言詞在套房內漫天飛舞。

緹妮聽了那些以魔術師而言實在過於空洞的叫喊，也不認為是部下們的心智出了問題。

她的魔術，是從土地龍脈汲取大地的魔力。

所以她明確地感受到——

有某種「異物」，誕生在這片大地上了。

力量異於英靈和魔術師的不合理之物降臨了。

但即使明知如此，她也沒停下施行魔術的手。

彷彿在說，這全是「無關緊要的小事」。

灌輸魔力之餘，她針對自我不斷自問自答。

自己缺少什麼？

自己必須做什麼？

自己——緹妮．契爾克是什麼人？

被悔恨束縛的少女，不斷地尋找答案。

吉爾伽美什。

因為她是這稀世英靈的主人。

因為她是偉大英雄王的臣子。

×　　×

史諾菲爾德西部　森林地帶

「……」

附身於菲莉雅的人物擺曳著色如冬湖般的美麗銀髮，轉過身來。

狂戰士——胡姆巴巴的主人哈露莉看著從森林望向城市的她，問道：

「……請問怎麼了嗎？」

「嗯，出了點事。」

對方答得輕描淡寫，但僅僅是聽見這句話，哈露莉體內的魔力就瘋狂躁動。

在她眼前的，是寄宿烏魯克文明豐饒女神伊絲塔之靈基的人工生命體。

正確而言，那只是女神伊絲塔遺留於世的「加護」人格化，但在哈露莉眼中已與面對神靈本身無異。

遭神靈殘響侵占的人工生命體對哈露莉沒有多看一眼，她注視著聳立於市中心的水晶之丘並詫異地低語：

「哼嗯，這時代也會誕生出『那種東西』啊？」

「？」

「無所謂，不用急著現在決定給予祝福或予以排除，比起那個，得準備迎接古伽蘭那！麻煩歸麻煩，我已經對那孩子宣告過，在那兩人會合之前不會對他們出手了。」

「降神者」雖然感興趣，但並不打算現在親自出馬似的改變話題。

聽了她的話，哈露莉在心中起了疑問。

——「那兩人」……？

多半指的是前些時候稍微提過，關於她「顯現原因」的那兩人。哈露莉猜想，其中之一就是曾在教堂前戰鬥，身披黃金鎧甲的弓兵。

但這名弓兵應該已經被胡姆巴巴解決掉了才對。

在這種情況下，「不會對那兩人出手」是什麼意思？

——我不懂神靈的想法。

——這是某種程式錯誤嗎？還是……

「就某方面來說，那個爛東西沒跑來森林算我們好運。這也是世界臣服於我的結果呢。」

她說出對自己的至高無上不帶絲毫懷疑的言詞，堂而皇之地睥睨整座森林。

「真是塊好地，讓給那個爛東西就太糟蹋了，不交給我有效運用怎麼行呢！」

接著，她說出了字面上怎麼看都是玩笑，但加上神靈之聲後意義便截然不同的「神旨」。

「我要把這塊土地『變成新一代的耶比夫山』！」

「……什麼？」

即使菲莉雅（伊絲塔）的聲音含帶哈露莉無法比擬的神祕，她仍不禁有此反應。

——耶比夫山……是說札格羅斯山脈的賈貝·哈姆林？

——安海度亞娜寫的史詩裡，被女神伊絲塔粉碎的那座山？

眼見哈露莉如此困惑，那美麗的人工生命體臉上漾起一抹添附神性，使常人難以抗拒的迷人微笑。

她像要強調那絕非戲言似的說道：

「我要在古伽蘭那（那孩子）到來之前蓋好神殿……要幫我的忙喔！」

×　　×

史諾菲爾德工業區　肉品加工廠

「……」

化為巴茲迪洛陣營工房的肉品加工廠。

遭到哈露莉的使役者狂戰士破壞了大半，目前是暫時以普列拉堤的幻術勉強維持機能的狀態

——而這一天以來，不需依賴幻術的機能已修復了不少。

這當中，弓兵阿爾喀德斯解除靈體化，來到正透過「汙泥」吸收魔術結晶的巴茲迪洛面前。

「怎麼了？」

巴茲迪洛以最簡略的言詞問話，而阿爾喀德斯答道：

「那個智取我的魔術師……出身地似乎與我有點淵源的男子，『好像叛變了』。」

「會有麻煩嗎？」

「要交過手才知道。但是從氣質上來看……對人類來說會是麻煩吧。」

聽了阿爾喀德斯口吻平淡的答覆，巴茲迪洛手也不停，頭也不回地說道：

「那就隨他去吧。」

巴茲迪洛也淡然地回答，將魔力與感情注入企圖侵蝕他，在體內橫衝直撞的「汙泥」。

彷彿在呵護、培養充滿人性之惡的「汙泥」一般。

「雖然敵人的敵人不一定是同伴……能利用的破綻自然是越多越好。」

×　　×

史諾菲爾德北部　大溪谷

「還好嗎，主人？」

藉騎兵靈基顯現於世的希波呂忒，以關心的語氣問道。

因為與主人有魔力連結的她，感受到主人現在極為慌亂。

她沒有多問原因。

因為主人慌亂的理由，她心裡有數。

他們位在改造溪谷部分土地空間而成的天然工房。

在這高度異界化的空間內，能夠大範圍監看外界動靜，並且隔絕所有外來的干涉。

發自內心讚嘆其技術之餘，希波呂忒收緊心神，將注意力放在「主人慌亂的原因」——出現於城市方向的極度異常氣息上。

「我隨時可以行動。以使役者身分來到這裡的我，即使貴為亞馬遜女王，也不會吝於為對等的朋友搏命奮戰。」

「嗯，我沒事……抱歉，讓妳擔心了。」

工房深處「響起年輕男子的聲音」。

希波呂忒相信他的話，不再多問。

她的主人是值得信賴的人物。

身為使役者，身為亞馬遜女王，希波呂忒這個體的一切都十分肯定。

肯定自己遇見的，恐怕是這場聖杯戰爭裡最好的主人。

×　　×

——有聲音。

對我而言，「我」——費拉特・厄斯克德司是親愛的鄰人。

不算是兄弟。

也不是多重人格。

因為從靈魂與存在基盤來看，我和「我(費拉特)」是不同個體。

——這是什麼聲音？

——嘎吱作響。有東西在互相壓迫。

——身體裡有某個東西在毀壞、碎裂、斷折。

自我萌生的順序，應該是我在前。

但我無法斷定。

說起來，假如我的自我是站在「我」的腦部機能上成長，先有誰這問題基本上沒有意義。

——聲音、聲音。身體，不能動……啊啊，是我。

——聲音……在我……體內。背脊……好熱、好痛、好冷。

——我的身體……現在，怎麼了。

繼承魔術刻印的那瞬間，這身體暫時的主人——「我」的自我便功成身退，會從我之中完全消失。

這就是一千八百年前寫下的劇本。

看來「我」那名為梅薩拉．厄斯克德司的祖先不僅是個浪漫主義者，同時也是貨真價實的魔術師。

一如你們所熟知的魔術師。

這樣讓你們比較放心吧？

——這裡……聲……聲音。聲音。誰的……聲音？

——什麼都看不見……那是誰。哪裡。在哪裡。

那被稱為不祥之子，遭雙親疏遠的靈魂，應該不會被我吸收，只是當作廢棄資料刪除才對。

可是啊，「我」還是注意到我了。

他注意到了。你們相信嗎？

打從意識萌芽的那一刻起，他便注意到，構成他自己的迴路底下，藏有我的存在。

我想……他的天才大概與我無關。

儘管只有眼睛，能在這個將成為我肉體的完整個體中發現這點，或許是他自己的資質使然。

但是，他的驚人之處並不在此。

——我的眼球……在哪裡。

——快想起來。指頭……被那怪物……毀了。

——費拉特、費拉特。

——沒錯，費拉特·厄斯克德司。

——「目標」的……名字。

——我，我們「射殺的那個小鬼」。

——法迪烏斯……說他只是個魔術師。

——明明殺死了，為什麼。

——英靈搞的鬼？不，不對。

倘若藉由運算指令（Program）埋藏著我的魔術刻印沒有發生移植，我不過是個不完全體。

因此，想要刪除就能刪除。

我曾聽說有吸血種能透過將靈魂燒錄至他人身上以達成轉生。很可惜，我的存在並沒有那麼紮實。

必須有和梅薩拉所設計的魔術刻印組合起來的這個程序，我才會真正誕生。

要是有誰在那之前就發現我，要消失的就是我了。屆時，梅薩拉的魔術刻印會發動在完整的身體上，將機會傳給下一代。也就是所謂的備案吧。

可是啊，「我」並沒有刪除我。

即使成長到一定程度，察覺我是什麼樣的東西，得到能夠刪除我的手段後也一樣。而且「我」反倒向設計上會刪除他的我伸出接納的手。

在理解一切的狀況下。

魔術師若是明白祖先的目的，或許會樂意獻上自己……但「我」並不是那樣。

好吧，說不定是我……或者說梅薩拉比較特殊。

在寫入魔術刻印的程序中，並沒有對我塑造魔術師氣質的指令。

梅薩拉只是要我活下去，存在下去。

他追求的不是自身的存續，而是其作品的存續。

希望後人追求，甚至在人理終結或人類割捨這星球後，也能留存於此星球的延續之道。

——這是什麼聲音。

——我……在對我說話？

……喔？意識終於轉向我了。

不，是意識習慣現況了嗎？

終於，二字也不太對。

以這星球規範軸的時間流速來說，從我加速你的意識至今只過了僅僅三秒而已呢。

——加速我的意識？什麼……

——什麼都看不見，一片黑暗。

——是念話嗎？現在什麼情況？身體不能動！

才不是一片黑暗呢。

世界是如此明亮眩目……充滿了生存的價值啊。

這都是「我」告訴我的。怎麼會是一片黑暗呢？

沒錯，或許只是……現在的你看不見而已。

因為我挖去了你的雙眼。

然而「我」所說的不是視覺資訊，而是情感意義上的光明。

但對於即將死去的你而言，或許在這兩方面都不會有任何感受。

如果你在死亡看到希望，就令當別論了。

啊，對了。「我」一直很憧憬所謂的心眼呢。

——眼睛？眼睛，我的眼睛……

——你是誰，是誰……你到底是什麼人？

——最後見到的那個身影……

——簡直就是……

——費拉特的另一個人格……是嗎？

不是一開始就說過了嗎？我不是那種東西。

我啊……嗯，對喔，這樣好了。

反正解釋再多你也不會懂，暫且把我當作惡魔之類的就行了。

要記住是「之類的」喔。

不是潛藏在這星球中的真性惡魔那麼誇張的東西。

而是更為概念性……你們人類社會的寓言故事裡常見的角色。

就像開膛手傑克用寶具在周圍投射出圖畫書風格的地獄，可能和那裡出現的怪物比較接近。

畢竟梅薩拉．厄斯克德司想要親手創造「它」。

——梅薩拉？他是誰……？你在說什麼……

——啊啊……啊啊……眼睛，我的眼睛……

那個英靈……自稱大仲馬的男子，認知到了我的存在。

可是，他擱置了我。

幾乎沒碰觸我的領域，將「我」和開膛手傑克攪在一起。

那只有神乎其技可言，看不透其目的也教人心裡發毛。

然而那瞬間，我沒有作這些感想的餘地。

套用人類情緒來說，那說不定是所謂的嫉妒。

啊～啊，沒錯。那個殺人魔英靈使我「嫉妒」。

那英靈與「我」的靈魂真正地混合了。

假如我也做得到，「我」就不用死了。

也能輕易彈開你們射出的鉛彈。

甚至將這聖杯戰爭……

……

不，當我沒說。

這場聖杯戰爭屬於「我」。

不屬於沒有願望要獻給聖杯的我。

我只是不時幫他解析而已。

儘管「我」是個天才，一個人也做得到，但他一有機會就想打混，所以我也幫了許多忙。

類似你們所說的導航系統。

——你到底在……說什麼？

——你想告訴我什麼？

不好意思，有點離題了。

我也真是的，竟然感傷成這樣。

「我」多半會用樂觀態度去面對吧，可是我很難不往負面想。

我愛詩詞，喜歡通俗劇。

就是這個緣故。

我加快你們……每一個襲擊者的思考迴路，一個個輪流對話的原因就在這裡。

換作重視效率的「我」，絕對不會做這種事。想必是笑呵呵地放過你們吧。

但這樣不行。

像這樣到外面來說話，還是第一次呢。

「我」的師父，那個不可思議的老師。

希望我說起話來也能像他那樣。

他說話明瞭卻囉唆，忸捏之中又很有骨氣。

最重要的是……

……啊，抱歉。又離題了。

最為主要，最大的重點就是我開頭第一句話。

對我而言，「我」是親愛的鄰人。

這些自白說到現在，都不過是用來強調這點的鋪陳。

在船宴取回所有魔術刻印，讓我獲得所有知識後。

我確信自己的使命，準備消滅「我」。而在那一刻——

依然對我微笑的，那個無可救藥的天才。

「我」拯救了我的心。

誓言與我共存的「我」。

卻被你們殺了。

——啊、啊啊。

——我想起來了想起來了想起來了。

——我我我的身體體體體體體。

——被這傢伙，折……疊起來……來來來。

——嘎嘰……的，聲響是……我的背脊。

——被壓碎、撕碎，不對，是哪個。不要……不要……不要！

希望你們不要誤會。

我這麼做不是為了復仇，也不是為了折磨你們久一點。

當然，殺死你們是替「我」報仇，也是達成我預設使命的手段。

但不惜加速意識來說這麼多念話，是因為我要讓你們知道——

自己怎麼會死得這麼慘。

如果今天是我被殺，「我」也不會殺你們吧。

當我說需要殺人時，「我」是這麼說的：

——「我是不會說絕對不行啦……」

——「至少把這麼做的理由說清楚比較好。」

——「我想這樣雙方都會比較舒服一點。」

——「與接不接受無關，重點是說過了的這個事實。」

他是不是很傻？

居然要我在有機會時不趕快下手，先說一堆話給對方帶上路。

講什麼效率，明明不想殺人，到了動手時卻注重什麼「最好選擇心理負擔少的方式。長遠來看，這樣比較有利」。

像剛才，還對和我不同的……「那個東西」說那麼多話。

不曉得那是像沙條綾香還是怎樣，在我們眼裡，完全是另一個人……不對，「擺明連人類都不是」。

所以，他死了。

你們終結了「我」，而我，開始了。

跟你們說明一切，是為了弔唁費拉特。

想說的，我都說完了。

抱歉留住你們這麼久。

我不會再留了，準備解除意識加速。

——不要……

——救救……我……

對不起呢，我說了個謊。

其實我很想很想讓你們在永恆深沉的虛無裡受罪。

但我沒有那麼做，要懂得感激。

不是對我，是對費拉特·厄斯克德司。

——

……

啊～啊。

「光是折成小貓般的大小」，人就會輕易地死去。

如果靈魂能成長得更為堅韌，結果將會不一樣吧。

不知道聖杯……能否將靈魂固化成物質？

……這裡的聖杯辦不到。

史諾菲爾德的容器中，沒有「第三」的本質。

那真正的聖杯行嗎？

冬木的聖杯怎麼樣？

聖杯，那些渣滓與屍骸，還留在那塊土地上嗎？

……

不行，別弄錯了。

就算能使靈魂物質化，時間也不會倒流。

那是別種魔法的領域，比第三更為遙遠。

我只是做我該做的事而已。

既然人類的惡意，從我手中奪走了「我」——費拉特・厄斯克德司。
他們的攻擊，便威脅到了我的生存意義、我的生命。
於是我展開反擊。
為了生存。
為了存續。
連同唯一理解我……唯一值得我保護的（朋友）人類的份。

×　×

史諾菲爾德　中央大街

對於「它」，可以用強大能量的奔流來形容。
與英靈那樣的龐大能量體有些不同。
那是將周遭所充斥的魔素直接凝聚於一處，加速後立刻釋放，如此反覆以來所造成的魔素龍捲風。

若以水作比喻，可說是有特定形狀的高壓水刀。

水量遠不及巨型瀑布，卻能藉由高速噴射削岩斷金的流體刀刃。

如此高速的魔力循環，彷彿稍一接觸就能摧毀靈魂的奔流，就在史諾菲爾德上空盤旋。

不停高速循環魔力，好像要將剎那的光輝化作永恆般的「異物」形成了眾所周知的特定形狀

——就是人形，不會是別的。

與費拉特·厄斯克德司原來的外型相近，卻又宛如十分遙遠的異樣人形。

開膛手傑克的主人青年身上的服飾被青年自己的鮮血染紅，遭步槍狙擊的胸口破了個大洞。

紅布縫隙間，透出虛無與光線。

在應是被步槍子彈貫穿的胸膛，像射穿堅硬玻璃那般，帶有裂痕的直線傷口裂開了。

從那冰隙般狹長的斜向洞穴，能窺見漆黑的闇。

似乎要吸入所有光線的幽冥黑影。

位在人體中心，感覺卻深得有如無限長廊的坑洞，以要吸入周圍所有光線的方式突顯著自己的存在。

坑洞縫隙間還能窺見一個巨大的光源，像在說明其吸入的光線都去了哪裡。

而那雖是光源，卻無法照亮坑洞中的黑暗。

光源——看似巨大眼球的「核心」，像單純強調自身存在般，將光線全纏繞在身上閃耀著。

究竟是這人類不該有的像巨眼般的「核心」支配著黑暗，抑或是其內含的無限虛無在馴養著「核心」？這不是第三者所能知曉的事。

但是，在坑洞與眼球之上——

頭部這構築人形的重要組件，卻與身體中央的異狀相反，顯得十分平和。

乍看之下，像個年輕人類。

不過，認識費拉特．厄斯克德司的人，都能遠遠地斷定那不是他吧。

頭部側面，長得比費拉特更長的頭髮之間，長出了短短的突起物。

狀似由發光水晶構成的蟲羽，或混合了植物葉片。那奇形物體違抗重力向上飄浮，像觸角或犄角般蠢動。

造型或許有點接近萬聖節裝扮或某種幻想生物，但其巧奪天工的協調，甚至給人近乎神祕的感受，一眼就能看出那絕非人工所造。

另一方面，臉孔反倒與人類相去無幾，造型像以費拉特碎裂的五官為基底精製的。

目光與費拉特平和純真的少年眼眸相反，哀淒得彷彿在嗟嘆、憐惜、厭惡世上萬物，周圍浮現像刺青或疤痕的線條。

那張臉看起來比娃娃臉的費拉特更為年少，甚至有點稚嫩。

體型也略顯退化，前一刻還很合身的衣物急速鬆脫，破損處開始露出皮膚。

然而，衣物底下同樣是虛無。

像個破損的球形關節人偶，大半腰臀與肘部等位置都有缺損。

那些部位與槍傷離得很遠，卻正在不停崩解。

裂縫處洩漏的虛無之影則像在與之對抗般，強行維持著人形。

沒有腰部與手肘的四肢浮上空中，在世上勾勒宛如五體俱全的線條。

堪稱少年的姿態中，融合幾分成人形影與異形輪廓的「異物」，降落在史諾菲爾德城區的最高峰——水晶之丘頂端，徐徐環顧四周。

他對散落在周圍大廈樓頂，折得小小的人類殘骸已絲毫不感興趣。

反倒是借用其中一人的狙擊槍，將他纖細優美的指尖扣上扳機。

但他沒有扣動扳機，只是無趣地看幾眼槍就將其扔掉了。

槍摔出沉重金屬聲響，沒有走火，並落在大廈頂層的直升機坪上。

具有十來歲少年身形的「異物」機械性地轉動頸部，觀察整個城市。

能望見費拉特第一次召喚出開膛手傑克的中央公園。

接著，吸血種與代理人交戰的警局映入眼簾。

充當據點的汽車旅館，與接受記者採訪的歌劇院也盡收眼底。

最終視線移向與強大弓兵激戰的醫院——固定在最後一刻，費拉特遭狙擊的地點。
追溯過作為主人的青年造訪此地的軌跡後，少年閉上眼睛，默禱似的停止動作。
說不定，他真的在默禱。
對於自己在沉默之中祈禱了什麼，他隻字未提——
少年睜開雙眼，望向城中高速移動的物體。

那是具有劍兵靈基的英靈——獅心王理查。

他抱在懷中的東西，使「異物」少年瞇起眼睛。
同時，那細縫底下的眼球和與其相繫的特殊魔術迴路看透了一切。
劍兵懷中之物——「沙條綾香」的本質。
渦旋其中的驚人魔力。
這不是第一次。透過費拉特．厄斯克德司的眼睛首度見到沙條綾香的瞬間，少年就明白了。
那是滿盈魔力的平靜廣大的湖泊，與他恰恰相反。
文風不動，僅是存在於斯，蘊藏巨大能量的龐大魔力。
知道這點後，他不得不理解到另一件事。

那就是沙條綾香和他一樣，對人類社會而言都是「異物」，只是類型不同。

「那會是……阻礙呢。」

那喃喃低語不知是發自真心，還是一種儀式，好銘記自己將就此與費拉特訣別。

少年自己也不知事實為何，只是在手中循環魔力團。

在某物扭曲壓迫的啪嘰聲中，從胸口坑洞流瀉出的暗影裹住他的雙臂。

缺損的肘部浮現圓形魔法陣，增幅由胸口輸送的魔力，使其透過懸空的前臂往指尖集中。

裹覆雙臂的暗影在膨脹的同時形成更多魔法陣，在缺損的肘部與前伸的手掌前方兩層、三層地堆疊並發動。

不僅如此，從背後長出的暗影抓捕著由身體剝離的破碎晶狀物質，並如羽翼般延展開來，在空中描繪出立體圖紋。

魔術師富琉加在遠處觀察這景象，稍後對原本的雇主做出如下報告：

——「無法以常識判斷。」

——「不過那大概是……魔術迴路……不，經過外來擴充的『魔術刻印』。」

——「不是古老家族的怪物級刻印之類那麼簡單呢。」

——「其周圍湧現的魔術刻印，都獨立成了一個……不，是無數個生命。」

——「簡直是每一秒都在成長的魔術刻印……不，抱歉，這樣說未免太跳躍了。」

全都是會讓人邊說邊懷疑自身精神狀態的內容。

魔術迴路與魔術刻印，皆是魔術師不可或缺的一部分。

魔術迴路是使用魔術的基本「器官」，如神經系統般遍布全身。魔術師巴不得為自己多添一條迴路，這也是他們血統主義的來由之一。

魔術刻印也同樣是魔術師血統積累的表徵，但不具魔術迴路那樣的生理機能。是每個家族自成一套，一脈單傳的「人工器官」。

千百年來一筆一畫代代雕琢的刻印突然發生體外增殖，在常理上是不可能發生的事。

但無論少年在自身周圍建構的究竟是什麼，「他的目的」仍一目瞭然。

充斥於城市中大氣的魔力——

或者該說，劃分給聖杯戰爭的土地龍脈能量，在少年周圍急速集中。

用個映襯聖杯戰爭的說法——顯然堪稱「寶具」的大量魔力正凝聚於一點。

少年瞇尖的眼睛正疾聲宣告，他運使魔力的雙臂，將掃向綾香與劍兵。

而就在一切行動要得出結果的那剎那——

「嗨。」

一道氣定神閒，像要化解所有緊張的聲音響起。

少年停止動作，巧妙地讓凝縮的魔力在體內循環並轉身。

只見不知何時立於背後的人物再度以平穩的聲音說道：

「應該要說幸會吧。」

那是森林，是大海，是山，是城鎮——「一整個世界就在那裡」。

少年特異的「眼」，使他「理解」得比任何人還要透徹。

這個不同於他或綾香的人物，純粹只是將自己的力量融入世界之中。

並不是斷絕氣息。

而是毫不掩藏自己強大的氣息，與這廣闊的世界合而為一。

少年以懷疑地眼神注視這化為人形的大自然，在某程度上接近神靈或精靈的人物，開口道：

「……你是英靈嗎？人理的守護者要來消滅我嗎？」

「我現在不過是與主人同行於大地的使役者而已。況且在我看來，還不能斷定你對這顆星球是不是禍害。」

「……那你來做什麼？」

從一開始就將對方認定為敵人的少年不僅是懷疑，還保持最高度的警戒問道。

接著，那英靈——綠髮隨風飄逸的麗人平和地微笑著回答：

「剛才，你想消滅某個女孩吧？」

英靈——恩奇都依然面帶不具敵意的微笑，如吹撫草木的微風般在周圍湧現魔力。

「我和他們是同盟關係。既然你有意攻擊他們，我不能坐視不管。」

「……那個女孩？你把她當人看嗎，使役者？」

「是啊，她是人。如同你也是人。」

面對答得毫不猶豫的恩奇都，少年不悅地皺起眉頭，稍微咬牙。

「那正好……我也想確定一下。」

少年如此低語的下一刻，他巧妙地操縱在周圍高速循環的魔力，渦旋的魔力團將恩奇都包圍起來。

「……確定沒有『我』的我能蠶食世界到什麼地步。」

那是無視魔術的詠唱或術式等一定法則的魔力操作。
若是掌管鐘塔的君主，或阿特拉斯院的高階魔術師，或許能只憑這景象看出少年的真面目。
無論多麼超乎常理，都不會改變他實際存在的現實。
說不定——
君主當中，長年照看費拉特這異質少年的講師，早在很久之前就已經注意到「它」的存在。
「想和我比性能嗎……如果我們是在另一個時間，另一種狀況下相遇，可能會是件值得高興的事……」
「……」
恩奇都默默展開雙手的同時，少年發動了魔術。
四方魔力劇烈渦旋，甚至「扭曲了空間」。
而幾乎在同一時刻，恩奇都腳下湧出無數鎖鏈，構成與空間扭曲方向相反的螺旋，填滿周圍空間。
一道爆裂聲後，周圍的濃密魔力頓時散去。
但它們立刻被吸進少年身上的「坑洞」，縫隙間的眼球直盯恩奇都。
恩奇都對眼球淺淺一笑，繼續之前的話語：

「不好意思，現在我得以保護主人為優先。」

接著，他抓起一條伸出地面的鎖鏈。

鎖鏈彷彿融入其體內般纏繞，最終被衣服吸收似的同化。

「和你一決勝負，會把這一帶全都牽連進來。我想避免這種事發生。」

恩奇都抓著鎖鏈緩步走向少年——臉上浮現略帶一絲絲悲涼的微笑。

「原本我做的這些調整，是為了和吉爾再度對決呢……」

下一刻，恩奇都將優美地展若花開的雙掌朝向地面。

並以帶有力量的言語道出自身寶具之名。

「——吾在此歌頌刻於此星之傷痕與榮華——」

少年不打算等他說完，但在出手之前發覺大廈底下有龐大魔力逼近，只好將所有加速的能量全用作防禦。

「——『民之睿智（Age of Babylon）』——」

那是恩奇都平時不必詠唱即可使用的寶具。

能力是透過鎖鏈與星球相繫，自大地重現人理造物，可說是與吉爾伽美什的「國王的財寶（Gate of Babylon）」成對的招式。

而這個像手腳般自如，形同基本武裝的寶具，在每一字都添附些許靈基的這一刻，才終於透露出它的本質。

首先一如以往，槍劍等刃器伴隨鎖鏈大批湧出樓頂的地面，前仆後繼地襲向少年的身軀。

面對眼前排山倒海的千刀百刃，少年開始思考。

完整的自己能辦到什麼？

在卸下了費拉特·厄斯克德司這親愛的枷鎖後，他已蛻變為梅薩拉·厄斯克德司當初所望。

此後全是尚未體驗的領域。

不過——他已有相關知識。

全都寫在厄斯克德司家代代相傳的魔術刻印中，唯有現在的他能夠理解。

因此，少年不慌不忙。

看著無數鋒刃逼向眼前。

每一道都是人理中的至高武具，半吊子靈基光是一碰都會灰飛煙滅吧。

那般銳器速度甚至快過鎖定獵物的遊隼，不斷加速地襲來。

而少年依然「慢悠悠地」望著那大群劍刃的寒光。

如之前對他殺死的狙擊手們所做的，他將自己的意識加速到極限，使主觀的世界停止運轉。

當然，時間不是真的暫停，少年自己的動作也隨之減慢，包覆全身的空氣彷彿成了溫熱的黏液之海。

少年也加速推動流竄於全身魔力迴路的原力，與周圍的瑪那高速交換循環。

達成好比提升內燃器層級又啟動外掛火箭引擎那樣荒唐的魔力加速。

但是魔力仍流動得有如完美藝術品般優美，使布展的暗影之翼改變形態，寫出不合常理的魔術式。

也許，那只是看起來像當場創造新魔術，實際上略有不同。

例如程度有深有淺的多種魔術組合而成的即興「管弦樂團」。

這是費拉特·厄斯克德司最擅長的魔術型態。可達到最適合當下的效果，卻由於本人再也無法完整重現，有無法系統化這麼一個棘手至極的缺陷。

基本上，少年做的就是這麼回事。

藉由組合多種系統的魔術，使自身神經與肢體動作獲得爆發性加速，並不斷修復因此毀損的細胞與關節。

儘管對自身施加了重重魔術，卻沒有半點造成負擔的樣子，彷彿少年自身化成了一個魔術。

倘若費拉特·厄斯克德司與這少年施行的是相同系統的魔術，那差別在哪裡呢？

答案非常簡單。

就是身體和引擎。

單純是性能上有著天與地的差別。

若將費拉特喻為配備最新電子系統的小轎車，那麼少年就是配備同樣系統的不明載具——包含戰車級裝甲、戰艦級動力與噴射機級推力的虛構機動兵器。

反之，能夠驅動純為這虛構機械而存在的運算器，正是費拉特·厄斯克德司的天才之處。

而今——天才已逝，化作天災（Catastrophe）重返人世。

這一切歸結於梅薩拉·厄斯克德司所編繪的夢想。

面對恩奇都逼近的鋒刃，少年發動了能力。

在周圍布展高速循環的魔力，將鋒刃悉數彈開。

與其說彈開，恩奇都的魔力與地球地表造出的種種武具，全在接觸少年所造的魔力圈屏障時變成沙子崩解潰散。

同時讀取並駭入恩奇都寶具的魔力，將其吸入自己的魔力循環裡。

除此之外，還藉由操縱魔力保持幾把武具完好無缺，射向恩奇都還以顏色。

而原本會是連續反擊的武具，沒有一把能碰觸恩奇都的身體。

因為浮現在恩奇都面前的「城牆」，將它們全部擋下。

那是繚繞強大魔力，具有堅固結界功能的黃金色之牆。

構成這城牆的每一塊磚，都刻上了表示「願尼布護我傳人（Nabû-kudurri-uṣur）」的楔形文字，在恩奇都面前層層矗立。

儘管只有人一般高，那道牆仍能輕易彈開藉魔力射來的武具。

不過，「異物」少年臉上沒有任何急躁。

他在躍上高空的同時凝聚魔力，使出先前理應狙殺綾香的攻擊。

少年背後再度布展黑影，周圍擊出高速迴轉的魔力束。

一般而言，人類魔術師直接擊出魔力的殺傷力極其有限。

然而，那不知經過了什麼作用，魔力束的威力竟然達到正常的幾千幾百倍，無限制地攀昇。

城牆外型立刻隨之變化，成為能抵擋空中攻擊的穹頂形。

但那對完成攻擊準備的少年來說根本不值一顧。

無數光束在少年前方瞬即集中，化為魔力之光所構成的怪物襲向恩奇都。

原本彷彿能杜絕萬象的多重防壁，被它一道又一道地咬碎，在光束幾度往復之間全數擊毀。

「……唔！」

可是出現在瓦礫與煙塵之後的形影，卻使他蹙起眉心。

因為神情泰然的恩奇都四周，多出了與他的表情和之前戰法相去甚遠的物體。

「那什麼……？你這是什麼意思？」

維持懸空狀態的少年不禁質問。

說不定，知曉恩奇都真名的現代魔術師見到這一幕，也會有同樣的嘟噥。

列於恩奇都四周的物體，其雕紋與夾雜金光的黏土色澤，令人聯想到古巴比倫。

但不管怎麼看，那都是不應出現在古巴比倫的東西。

根據愛看漫畫與電影的費拉特·厄斯克德司所得的知識，少年知道那是什麼。

無關認同與否——透過費拉特雙眼所見的過往，在少年心中甦醒過來。

那是費拉特擅自帶走朋友的魔術禮裝——水銀女僕托利姆瑪鎢，並放老電影給她看的回憶。

這段回憶對少年來說並不重要，所以不記得電影名稱，只記得演的是有隻巨大螳螂怪從冰山跑出來襲擊美國城市，美軍奮勇抗敵的故事。

其中一幕。

陸軍從地面攻擊從天上飛來的巨大螳螂，看得費拉特興奮得大叫：

——「這個真的有夠帥啦！托利姆瑪鎢，妳變成這個給我看嘛！」

——「形狀變質類的申請需要正式名稱。」

而費拉特早有準備似的對給予機械性回答的水銀女僕說道：

——「沒問題！我早就知道妳會這麼說，已經跟軍武宅朋友問清楚了！」

少年瞬時翻開的記憶抽屜，是關於資料上的「兵器」名稱。

——「這個兵器的名字是——」

少年回想著費拉特的話，不由自主地說出那專有名詞。

「……M1……120㎜高射砲……？」

而且是八座。

數目或許算不上問題，這鐵一般的事實卻使少年重新審視視覺資訊，確定那是現實。

逾七公尺長的砲管，冷冰冰且厚重的外型給人守護雕像（Guardian）般的印象。

儘管那的確塗改成恩奇都故土古巴比倫風的外貌，但仍一眼便知。

知道那是約五十年前被使用於這美國本土的「近代兵器」。
布置此般武器的恩奇都陣地，以盤踞於水晶之丘樓頂直升機坪的架勢完成了。
在恩奇都周圍列出美感的八座高射砲充滿金色魔力，與恩奇都共同譜出奇妙的協調感。
宛如巴比倫尼亞城牆上的防衛兵器。
又像在說——即使是人類所造的近代軍武，也是妝點此星球的自然之一。
自城市中各處觀察此景的其中一名魔術師是這樣說的——
堪稱現代文明結晶的近代軍武中央，矗立著氣質有如莊嚴大樹的人物，反倒不像諷刺，更像記錄歷史性一刻的畫作。

「民之睿智」。
恩奇都這項寶具，具有召喚後會保持「更新」的特殊性質。
汲取星球的記憶，從大地創造萬物的能力。
那單純只是模仿人理的歷史。
所以資訊量會隨著時間累積得更厚、更高、更深。
英靈恩奇都與時代連結的時間越長，能重現的文明就越多。
若以「他被召喚到任何時代的可能性」為前提——假如今天他被召喚到他生前所在的古巴比

倫，那麼恩奇都能重現的只有他生前所知的武具，抑或是當代大地上既有的人造之物。

相反地，假如他被召喚到史諾菲爾德聖杯戰爭之後的未來，將能夠召喚各種目前還只是空談的兵器吧。

這是好是壞，則另當別論。

如現代最高峰的槍械絕對不比聖劍的光輝，在寶具層級的戰鬥之中，「並不是時代越新就越強」。

尤其在魔術世界裡，距離神代越近，神祕濃度越高是一種常識。就算只論現實，拿二十一世紀的最新型手槍與裝填葡萄彈的十六世紀大砲對射也是找死。

不過，這裡談的可是基盤本身即為神祕的恩奇都的寶具。

每一顆機槍彈，都會附帶能破壞敵對靈基的魔力。若造出最新型飛行器，也會帶有能與一般飛龍纏鬥的強化效果。

當然，若要重現吉爾伽美什那專門蒐集人類能力極限的「國王的財寶」藏品中維摩那這樣的珍寶，就需要被召喚到遙遠未來，堪稱人理極致的時代，或渡星而來的諸神所支配的時代。要重現異星諸神的軀體或星之聖劍這般「精髓」，則需要以吉爾伽美什寶庫中同等祕寶或世界本身作為材料。

儘管如此，恩奇都這項寶具仍能與「國王的財寶」媲美。

原因就在於恩奇都以土塑成的每一樣物品，都是脫離神之掌控的人理造物——也就是能以大地為材料來「大量生產」。

現在的恩奇都，能夠造出現代兵器的前一階，在半世紀前仍為最新的任何兵器。

其中之一便是這巨大的高射砲，而且每一砲都會以灌注恩奇都自身魔力的方式來運用。

沒錯，就在這一刻，運用開始了。

八座高射砲對著俯視恩奇都的少年無情發動。

爆聲炸響。大地所造的火藥混合神祕，帶著節奏擊出砲彈。

「……唔！」

少年才剛認為砲彈這種近乎直線行進的東西，看彈道就能輕易閃避，但隨後便否定了這天真的想法。

就連擊發的砲彈，也是恩奇都神祕的一部分。

少年斷定砲彈即使無法完全扭曲，也能做出無視物理法則的變化，於是放棄躲避從地面發出的砲彈，選擇以完全防禦打消。

並再度加速意識，在慢動作化的視野中尋找攻勢的空隙。

可是這片減速的景象裡，只有開砲速度與周圍的減速不同步。

這些應該每座每分鐘十二發的高射砲，比來自費拉特的知識快了一點，且逐漸加快。

「它們……還在加速？」

這八座高射砲，甚至達到超過每秒一發的連射。

在使役者寶具的犯規能力面前，少年思考速度的優勢逐漸遭到抵銷。

每一擊都能將一般幻想種炸成碎片的無數砲彈，就布展於少年眼下。

但少年背後如孔雀開屏般的影紋所產生的屏障，同樣也屬於嚴重牴觸常理的領域，將恩奇都打出的神祕砲彈一一粉碎。

「原來如此……英靈這樣的虛影也能在這星球紮根得這麼深啊。」

少年語氣平淡地呢喃：

「『值得參考』。再讓我多看一點。」

他靜靜調整呼吸，確切防禦的同時冷靜地凝聚魔力。

直到完全掌握砲彈的節奏，要切換術式開始抓準縫隙反擊時——恩奇都冷不防地出現在正下方的爆炎縫隙間。

他與自地面無限聚集的鎖鏈融為一體，將自身化成了一發高密度魔力砲彈。

「你這動作……我早就『看見』了。」

少年同樣淡然低語，往恩奇都本身射出魔力反擊。

那是純粹為破壞而調整的高密度魔力。

一旦恩奇都躲開，此城最高建築水晶之丘就會瞬時化為殘磚碎瓦。

明知這點還毫不猶豫地轟出這一擊，是因為少年根本不考慮隱匿神祕——而恩奇都也同樣暫時拋開了隱匿神祕的原則。

其實在主人銀狼眼裡，恩奇都本來就沒有隱匿神祕的想法。

地面竄出無數鎖鏈，甚至將整棟大樓包在裡面。

整個過程只有短短數秒，普通人遠遠看來多半會誤以為是水晶之丘有某種燈光秀——魔術師們則全是用「饒了我吧」的臉觀看戰況演變。

因為只有英靈或擁有同等力量，才能阻止這場戰鬥。

竄上樓頂的無數鎖鏈繼續向天高衝，化為金色巨木直上雲霄。

「……哈哈！」

見到這一擊被光之大樹吸收，再利用其魔力更往上延伸，少年不禁失笑。

「啊啊，真想讓費拉特也看看這一幕。他應該很喜歡這種大場面。」

胸口坑洞伸出黑刃，抵擋自下方逼來的恩奇都的手刀，回手再以重重刀刃刺穿那神造人偶的靈基胴體。

不過英靈的壓力絲毫未減，不斷將少年的身體往上推送。

水晶之丘與史諾菲爾德的燈光等眼下景色已越來越遠。

途中，少年和恩奇都注意到自己的能量擦過施加了隱蔽魔術的飛船，造成局部破壞。

但雙方並沒有分神的餘地。

包覆大樓的鎖鏈巨木已經消失，能量全流回恩奇都身上。

恩奇都將手臂和部分衣物變為羽翼，自羽翼噴射魔力繼續更往上衝。

這當然完全不是鳥的飛法，不過那大概是模仿創造恩奇都那時代的幻想種，在猛速飛行的同時也不斷攻擊。

少年也張大「雙翼」與之對抗，凝聚縈繞在星球上空的稀薄瑪那。

這時，他瞥見天上有某種巨大的「東西」飛過，但沒有時間仔細確認。

因為仍在推動少年的恩奇都冷不防地開了口：

「對主人來說，你真的是個危害呢。」

這句表示警戒的話語，卻隱約帶有平靜的色彩。

證據即是恩奇都隨即面泛柔和的微笑繼續說下去：

「不過，我很高興你能誕生。至少我願意祝福你的誕生。」

「……？啊……嗯，謝謝。」

為這突來的話錯愕之餘，少年不禁道謝。

即使言語和表情都透露著困惑，他的戰鬥架勢仍沒有半點鬆懈。

恩奇都亦是如此，往全身灌注魔力並望向眼下大地，由衷放心似的說道：

「而你也是這顆星球還沒有捨棄希望的證據。」

一次猛擊的對撞，使雙方在上升之中暫時拉開距離。

「抱歉現在才問，我該怎麼稱呼你？」

周圍空間不知何時暗若夜空，星辰在頭上濃烈地強調自身存在。

兩人都知道，並不是夜晚突然到來。

少年始終保持懷疑的眼裡，多了些許費拉特·厄斯克德司會有的好奇並回答：

「……提亞。提亞·厄斯克德司。」

「這是我朋友為我取的。我不打算用其他名字。」

就這樣，短短幾分鐘前還是費拉特·厄斯克德司的少年——

被推到離地數十公里，超過平流層接近中氣層之處時，說出了自己的名字。

空氣密度不到地面十分之一。

儘管如此，也許是因為兩人聲音裡都帶有魔力，抑或聽力皆超乎尋常，他們仍能像在地面那樣對話，使恩奇都確實聽到了對手的姓名。

但這並不會導致任何結果。

稀薄的空氣與太空傾注的輻射線，對英靈與「異物」少年沒有影響。

在這場打了很久的戰鬥中，監視衛星拍攝到有如極光的光輝——不過那畢竟是法迪烏斯的組織底下，專門監視史諾菲爾德的偵察衛星，直到最後這段畫面都沒有公諸於世。

說不定，這次就算公開了也不會造成問題。

因為會被當成對接下來發生的事所做的惡質合成影片。

並非魔術師的普通人——甚至不知道聖杯戰爭的魔術師們，都會這麼認為吧。

光。

無比宏大的光，和與之成對的虛無暗影，在提亞身邊延伸。

星球與宇宙的夾縫間，湧現了另一對光與影。

若說恩奇都是自然的體現者，那麼此刻的提亞便是光與影的具象。

循環著高密度魔力的魔術式扭曲周圍空間，彎折太陽光線，重構為新魔法陣的一部分。

同時，完全吸收光線的漆黑暗影也產生另一道魔術式，結合成多重結構的魔法陣，一一張設在少年周圍。

見到少年的魔術刻印彷彿要侵蝕整個世界，恩奇都略帶詫異地低語：

「這是想和世界連結嗎……你果然什麼都看得見。」

「……」

以沉默代表肯定之餘，少年主動急速上升，占據恩奇都正上方的位置發動一個魔術。

「……開始改變（Cheat On）。」

這短短的一語，帶著一絲鄉愁與哀悼般的感情。

從疑似受到費拉特影響的這句話起，世界的道理從少年周圍開始遭到暫時改寫。

與固有結界不同。那以恐怕將就此改寫整個現實世界的速度，撼動了周圍世界的法則。

而少年也隨之在灌注壓縮魔力的言語中，賦予可視為詠唱或宣言的意志，使自己的存在滲透這個世界。

「地啊。」（吾身不為人理所庇護）

「人啊。」（今靈長於抑制之盼望、叫喚、饒恕、憐憫與憎惡，吾皆認同）

「歌唱吧、舞動吧。」（於此縫隙盡吞善惡，盡展自我）

「在永恆的毀滅中——」（吾瞳讚美人造萬象，故吾挑戰人智）

「竭力求生吧！」（以破壞祝福人智之繁榮，直至星球枯朽之時）

「歪曲」在最後一字發生爆炸性成長，更高更廣地擴散提亞的魔力，覆蓋了部分美國上空。

接著，歪曲似乎產生了引力，開始蒐集在星球上空徘徊的物體。

「……那也是人的造物呢。」

恩奇都喃喃低語。

提亞聚集至身旁的，是俗稱太空垃圾的殘骸。

人類為了走向星海而在路途上零落，在空中高速飄浮而十分危險的夢之碎片。

根據推測，在聖杯戰爭發生於史諾菲爾德的這個時間點，太空垃圾甚至超過了兩千噸。

從廢棄人造衛星、太空人遺落的工具到金屬摩擦而剝落的細小碎片，各式各樣的金屬流入漩渦中央般聚集於提亞周圍，逐漸壓縮。

再加上彗星尾部散落的微細物質和極小的隕石，化為無數小星球盤旋在提亞身邊。

如太陽系行星般，大大小小的球體環繞提亞公轉。

而它們也像魔力一樣急劇加速，纏繞著濃密魔力，能量不斷膨脹。

「……唔！」

恩奇都防範未然，爆炸性地解放他從地面帶來的魔力，完成迎擊準備。

下一刻——提亞不給恩奇都施放寶具的機會，吐出帶有力量的言詞發動魔術。

「——『空洞異譚／忘卻化作祝祭（A Clockwork Abaddon）』！」

遠超過音速，從五百公斤到數十噸質量的複數「月球」，朝恩奇都和地球傾注而下。

它們似乎附有無視空氣摩擦的術式，沒有燃燒也沒有減速，如超高速軌道砲般連擊。若全數擊中地表，擺明會對大地和生命造成嚴重災害。

這瞬間——從四面八方流入的魔力在恩奇都體內轉換成龐大能量，使這英靈的所有能力獲得爆炸性的暫時提升。

「──『人啊，願與神維繫(Enuma Elish)』！」

恩奇都瞬即解放寶具。

借助星球與人理之力，將自身靈基化為武器，刺穿一切的楔子。恩奇都在周圍布展螺旋狀延伸的黃金鎖鏈高速衝鋒，要擊碎進逼的數顆凶星。

對撞。

然後是氾濫的莫大光芒。

平流層頂端開了朵巨大的魔力之花，片片花瓣包覆起粉碎的群星。

迸散的能量甚至到達表示宇宙邊線的卡門線，化為近似極光的現象絢爛地裝飾史諾菲爾德上空的宇宙。

恩奇都似乎將提亞的大魔術視為對地球或人理的威脅。

灌注於寶具的抑制力，讓恩奇都得以完全擋下提亞對史諾菲爾德進行的大型質量攻擊。

但是──那無法完全消滅攻擊本身。

餘波同樣可怕。

部分星體碎片躲過魔力花瓣的捕捉，擴散並墜向地球。

其中最小的碎片偏向位在遙遠東方的華盛頓特區，墜落於阿納卡斯蒂亞河與波多馬克河的交匯處，寬達一公里的河面中央。

衝擊將河水瞬時炸上空中，成為預報沒料到的豪雨潑灑在因地震猛烈搖晃的白宮周邊。

一塊碎片砸進黃石公園地面，造成岩漿活動暫時活性化，嚇壞了地質學家們。

另一塊碎片則往西越過太平洋，落入日本近海。

因魔力失控而產生高熱的碎片，霎時蒸發了大量淺層海水。

附近船隻與沿岸地區都目擊了這高達數公里的蒸氣與水花，以為是海底火山噴發、長程飛彈攻擊或外星人襲擊，在網路上引起軒然大波。

還有一塊碎片墜落到俄羅斯大地上，以為遭到外國攻擊而進入警戒狀態，全世界立刻感受到這份緊張。

可是，對世界影響最大的，是第二大的碎片。

它挾帶龐大魔力飛向北方，偕同撞擊毀滅周圍物質。

雖然結果不至於破壞陸地，卻對人類造成了精神上的巨大震撼。

當觀測衛星再度捕捉到其行蹤時——

「北極海已經有近百分之十二的冰帽消失得無影無蹤」。

假如發生在南極大陸的冰層上，這樣的量足以對地球海平面造成影響。

在落於地面的幾塊碎片中，發現了部分太空垃圾——包含發現人造衛星的碎片、太空站是否墜落了，或低軌衛星受到某種影響而全數墜落的謠言不脛而走——不過這也是幾小時後的事了。

就魔術觀點來看，最重要的是最大的碎片。

它幾乎保持了原本星體的形狀，或許不應稱為碎片。

原來是提亞將其他星體全當作誘餌，只以隱蔽魔術藏匿這一顆的形體與魔力，走別條軌道射向史諾菲爾德。

這會是單純為了消滅那名叫綾香的少女嗎？

抑或是不打算直接擊敗恩奇都，改對其主人下手，或破壞聖杯賴以為基的土地本身呢？

答案為兩者皆是，但不過是表面上。

——別自欺欺人。

——我就是恨聖杯戰爭。

——恨為了聖杯殺害費拉特的人，恨這場儀式。

——至於人類，人類的城市……

——老實說，我不討厭倫敦……

——但這座城市，「我才不管它」。

——……

——有件事，還來不及告訴「我」。

——就是他為何會召喚出那個殺人魔。

——那個英靈……並不是被玩具刀吸引來的。

——我想，原因一定是我。

——因為我將成為殲滅人類的殺人魔——

——同時什麼也不是呢。

這些思緒只占了時間之流中短短一瞬，星體以流水般的動作墜向地面。

但恩奇都的氣息感知力沒有放過它。

完全藏匿魔力是白費力氣。在這個受到提亞和恩奇都影響而充滿魔力亂流的地帶中，他眼尖地發現只有一處魔力被控制得十分均衡。

於是恩奇都射出鎖鏈，要捕捉那裝載龐大魔力，如蛋一般的魔星。而提亞也以魔術追擊，試圖妨礙。

結果只是偏離了軌道，魔星幾乎完好無缺地飛向地面。

不再飛往史諾菲爾德，而是美國西岸最大都市——洛杉磯。

永別了，「天使之城」Los Angeles。

永別了，長灘。

永別了，格里斐斯天文台。

永別了……永別了，好萊塢。

計算過自己擊出的魔術會落於何處後，提亞發現好萊塢也會受到波及。來不及看看那費拉特曾想走訪的地方，使一陣悲痛湧上心頭，隨後又因費拉特已不在他心中而打消。

冠上天使之名的城市，在填滿破壞與原子解離等魔術式的凶星撞擊下，正歸於熾光之中。

滿盈的魔力即刻發動，使半徑數公里的土地與其上所有生命一併消失。接著引起的坍塌牽動周圍土地、龍脈與岩漿庫，造成連鎖破壞。

連提亞自己也無力回天。魔星在這時直接忽視隱匿神祕云云，以物理方式決定人類的走向。

——本應是這樣。

提亞的視線彼端，有個厚重的積雨雲漩渦。

那是同樣位在西方，即將穿越洛杉磯，正往這裡移動的颱風。

那異常巨大，簡直湧出對流層的積雨雲堆裡頭，始終散發出一股讓提亞渾身不自在的氣息。

彷彿那團雲正在搜刮周圍天地的魔力。

那裡面肯定有某種棘手的「東西」，但是在這種狀況下也不能對它做什麼。

因此，提亞到這一刻之前都沒有特別注意它。

無論雲裡有什麼，魔術都會在它阻擋時發動。

自己擊出的凶星，終究會毀滅那美國西部的大城市。

就在少年這麼想時，異變發生了。

「……」

那景象使提亞稍微睜大眼睛。

直徑超過五百公里的積雨雲漩渦，有一部分不祥地蠕動，其尖端還有兩道龍捲風向天高伸。龍捲風的動作明顯是違背物理法則與龍捲風的運作方式，形成左右對稱的優美曲線，猶如巨大生物的犄角。

不，錯了。

提亞開始肯定。

不是猶如犄角。

那無疑就是巨獸的角。

能夠看透魔力的雙眼，正確辨識了包覆在神祕偽裝下的巨獸身姿。

兩道龍捲風所掩蓋的，是深濃且豔麗的藍。

有如以大海與天空調出的琉璃色聚合體，是將地球上所有礦藏加起來恐怕也不夠的純青金岩所構成。

巨大颱風的雲隙間，閃現著黃金的骨架。

每塊骨頭都堪比大城的青金巨獸以渦旋的暴風為血肉，在這世界上闊步。

——魔力突然膨脹了……？

——並沒有從星球吸收魔力的動作。

——難道那是……來自另一個「世界」嗎……？

但提亞這些疑問都不重要。真正的問題是，它現在行動是為了什麼？

答案當場就揭曉了。

一根有半島大的琉璃色彎角，指向了以超高速飛過平流層，滿載破滅與暴虐的凶星。

接著，它蠢動起來。

事實上，蠢動的是犄角深處湧出的龐大神性魔力。

不同於提亞以魔力扭曲周圍空間，巨獸的角以神氣吞食並嚼碎空間，直接破壞距離與方位等概念。

凶星的能量方向遭到扭曲，在到達洛杉磯之前就開始下墜，朝積雨雲巨獸面部直線狂奔。

那可是能刨開大地，掀起大規模地震，裝滿驚人能量的破壞與毀滅之卵。

那麼，它勝得過強大颱風的能量嗎？

當然，兩個型態不同的災害之間本來就沒有可比性，一般而言都是巨大震災能對世界造成較大的破壞。

但若純粹比「能量」差距，強颱有時甚至能蘊含震度九的地震百倍以上的能量。

倘若這樣的能量「化為一頭巨獸動起來」，會發生什麼事呢？

此刻，牠正在展示答案。

牠的外表，是厚重積雨雲構成的大型颱風。

從上空看起來幾近正圓，雲與天空壁壘分明，堪稱教科書級的颱風。

然而，若改以颱風內含的魔力密度來成像，見到的會是與緩步接近的颱風同樣規模的巨獸。

暴風是牠的怒號。

豪雨是牠的血脈。

雷鳴是牠的蹬踏。

厚重的積雨雲即是神獸之肉塊，保護其全身的甲冑。

那不是巨大颱風的擬獸化，恰恰相反。

提亞確信，神獸直接以順應這世界的型態降臨人間，才是這怪物的真面目。

積雨雲中忽隱忽現的金骨巨獸，緩緩張開了嘴。

不，是距離較遠的提亞看起來緩慢。考慮到牠有多麼巨大，雙顎展開的速度肯定十分驚人。

凶星直線溜進巨獸口中，那張大嘴隨即閉上。

如果凶星穿過颱風抵達地面，會立刻撞出破壞的塵煙吧。

但這一刻並沒有到來。

這片刻的延遲，也表示這一刻並不會到來。

颱風內的金黃與琉璃色光芒越發熾烈，颱風規模不減，只有其體內能量爆發性飆漲。

至今為止秒速五十公尺的風速轉眼跳到八十公尺，瞬間最大風速超過每秒一百公尺，逐漸逼近歷史紀錄。

若巨獸對風速灌注能量，便能夠輕易改寫觀測紀錄吧。

之所以沒那麼做，不知是出於牠本身的考量，是碰巧——抑或是，某人的指示。

總之，這對現在的提亞和恩奇都而言都是末節。

因為他們察知到——

那全長數百公里的積雨雲巨獸無疑正盯著他們。

以及那孕育著莫大浩劫的巨獸，無疑是「鄙視著他們冷笑」。

見狀，少年興致盎然地微笑——

而恩奇都反倒笑容盡失，只是悲哀地瞥了那頭「神獸」一眼。

×　　×

史諾菲爾德西部　森林內

飄浮在遙遠高空的兩人並不知道。

史諾菲爾德的地面上，也有人在觀察巨獸的一舉一動。

觀察者菲莉雅──伊絲塔感受到神獸這自身資產的現況變化，無奈地嘆一口氣。

「唉呀，真是的。太調皮了吧。」

她並不是為強大力量的膨脹頭痛，也不是擔心地面會遭到破壞。

單純只是為自己神獸的貪婪聳個肩而已。

「吃那種奇怪的東西……吃壞肚子我可不管喔？」

幕間
「試演」

過去　某國

「西格瑪，你想像過別種生活嗎？」

生來即接受魔術使工作員教育的西格瑪，在訓練所聽同梯的孩子——配名「塔烏」的少女這麼問時，什麼也答不出來。

心裡想回答，可是說不出話。

因為西格瑪根本不知道別人有什麼樣的生活，想認真思考別種生活也做不到。

腦袋裡只有自己體驗過的事，連供他想像未知世界的最底限知識和經驗都沒有。

見西格瑪嘴張了半天，塔烏繼續說道：

「老師他們啊，跟我約好了喔。說等我當上訓練所的第一名，就要『給我爸爸媽媽』。有國家級的大人物會收我當女兒喔！」

「大人物？」

「聽說是幫我們煮飯的工廠的『監管主任』。既然是煮飯的人，一定只比國主大人低一級而已啦！」

「是喔……嗯，說不定真的是這樣。」

塔烏和這時的西格瑪，都是連「監管主任」是何種階級都不懂的小孩。

年紀十歲不到的時候。

這群孩子每天過的都是強行接通魔術迴路，學習各種粗糙魔術禮裝、槍枝刀械的使用方法，以及如何在嚴酷環境下生存。

有時還會強迫他們體驗「殺死生物的手法」，徹底灌輸魔術使該有的知識與經驗。

執掌教鞭的人，語氣都極為溫和，訓練卻極為嚴苛。

包括西格瑪，絕大多數孩子只是機械性地隨波逐流，但偶爾會有幾個像塔烏這樣滿懷希望。

「他們說有爸爸媽媽以後就可以安心睡覺了耶。會唱一種叫搖籃曲的歌，會做好吃的飯給我吃，還會帶我去看幫國主大人慶祝的遊行耶！」

「搖籃曲？」

「聽了以後就可以安心睡覺喔。睡覺的時候，爸爸媽媽會保護我！」

「這樣有點讓人羨慕呢。」

西格瑪終於找到能順利說出口的情緒。

對連進食都不帶感情的這個少年來說，睡眠是唯一的娛樂。進入夢鄉那瞬間，被無垠的夜晚擁抱著墜落的感覺，是他活下去的希望，也是他的樂趣。

「西格瑪，你真的很愛睡覺耶。接通魔力迴路的方法，只有你跟別人不一樣。」

「是嗎？」

將魔力導入魔術迴路旁路時，大多魔術師會將其想像成電源的開關。訓練所的孩子們也幾乎依照老師的教導強行接通，只有西格瑪是藉由想像進入夢鄉的瞬間來切換。

「我看啊，你一定是希望這個世界是作夢吧。不管用不用魔術的時候。」

「……」

西格瑪答不出話。

不是不懂那究竟對不對，而是認為無論對錯都於事無補。

但他覺得，塔烏這個小他一歲的女孩說了很成熟的話。

她肯定能成為這訓練所最好的學生，實現夢想吧。

想著想著，西格瑪開始有那麼點羨慕有機會聽搖籃曲的她。

不過，這微微動搖的情緒，也很快就被他淡忘。

最後，塔烏不見了。

據說是訓練時受了重傷，損壞了硬接的魔術迴路。

西格瑪不知道訓練生不見以後會怎麼樣。

只好奇她離開這裡以後，能否睡得安穩。

新的「塔烏」很快就遞補上來——與死亡比鄰的訓練若無其事地繼續下去。

對西格瑪而言，這真的只是一小段回憶。

塔烏的長相和名字，都沉到了層層累積的記憶底下。

如同夢醒後的記憶迅速淡去。

× ×

現在　史諾菲爾德　小巷

使役者與神祕魔人，在城市高空激戰的同時——

對此狀況尚未知情的西格瑪，恍然想起一段過往。

娃娃臉傭兵覺得這樣「很不像自己」，並對這段回憶進行反思。

已經長大成人的他，明白了很多事。

像食品工廠的監管主任身分遠不及國主，所謂的收養也只是「老師們」哄小孩的話。

儘管如此，在這種時候想起塔烏這名少女，或許是因為繰丘椿有點像她。

——「我要……摧毀這個聖杯戰爭。」

西格瑪一面回想著自己數分鐘前在繰丘邸下定決心，對看守的使者——「影子」們所做的宣言，一面查看巷弄周邊並思考著。

——不……

——像椿的是後來的「塔烏」吧……

記憶甚至模糊到了這個地步。

然而對現在的他來說，在腦中重播的記憶其實意義重大。

——有了爸媽以後，還是什麼都沒變啊，塔烏。

——作為魔術師而生的我們，到頭來還是什麼都改變不了啊……

——啊啊，對了。我承認。

——想摧毀聖杯戰爭，不是為了拯救繰丘椿這個少女。

——救她不過是我的手段。

——那麼是因為紅衣精靈把椿託付給我？

——這也只是其次的理由。

救繰丘椿一命，就能把她從命運裡解放出來嗎……

就算她一樣擺脫不了繼續沉睡的命運，這世上與她相關的一切會有任何變化嗎……

最重要的是，我自己能夠接受嗎？

我不認為自己能改變整個世界。我沒有那種資格。

我只想知道，自己能否改變繰丘椿，或我眼中的主觀世界。

啊啊，我只是想知道結果而已。這就是我的任性。

——這是我引發的聖杯戰爭。

這麼想著的西格瑪，聽見骨傳導無線耳機傳來的聲音。

『——「家畜」呼叫「欠缺」。』

「……」

『——「家畜」呼叫「欠缺」。聽得見嗎？』

在夕陽也照不進的都市小巷裡，西格瑪透過無線耳機聽見長官的聲音。

法迪烏斯．迪奧蘭德。

他是西格瑪暫時的長官，也是實質上控管著這場聖杯戰爭的黑幕之一。魔術能力自然不在話下，底下還有一整個難纏的武裝集團供他差遣。

但是，西格瑪沒有回答。

這種改造為魔術禮裝的無線耳機，沒有竊聽的危險。

不過，技術實在不足以搭載遠距念話功能，只要裝作沒聽見，對方應該不會知道他現在是什麼狀況。

西格瑪是一路根據「影子」們提供的資訊，選擇沒有被監視攝影機拍攝的路線，從繰丘邸來到這條巷子。

但在這種時候接到通訊，勾起他些許懸念。

——他發現我離開了隔離的世界？

——不對，光是法迪烏斯知不知道我被捲進去都很難說。

無論如何，首先是要不要回答通訊。

喜歡意外的法蘭契絲卡，或許會喜歡摧毀聖杯戰爭儀式的想法，然而，法迪烏斯必將轉為敵對。

也可以先暫時裝作服從，欺近法迪烏斯，但只要他發現繰丘夫妻已經被西格瑪癱瘓，他很可能會布下陷阱。

西格瑪不過是魔法使出身，沒有能夠從瀕死狀態復活的魔術刻印。

與法迪烏斯的戰力差距，簡直大得可笑。

儘管知道自己不曾發自內心地笑過，西格瑪也不由得有這樣的想法。

說得更準確一點，別人聽了都會一笑置之吧。

但路線已經決定好了。

這「工作」不是誰下的令。真要說起來，自己就是委託自己工作的人。

自己原本就是生無可戀，專做敢死任務的人。

哪還會怕什麼不顧後果的戰鬥。

——可是。

犧牲自己阻止騎兵發狂的繰丘椿，與為這事實真心憤慨的無名刺客的臉，閃過他腦海。

——這次是自己選擇不顧後果的。

——不能讓這場戰鬥留下遺憾。

從現在開始，只要算錯一步，恐怕就是死路一條。

但現在西格瑪已不再焦慮。

在自己的世界靜靜下潛到前所未有的深度，在拖延出來的時間裡摸索最好的方法。

——法迪烏斯。

——該回應呼叫，投石問路嗎？

想到這裡，耳機傳來略帶情緒的聲響。

『……「缺乏」，聽得見嗎？「西格瑪」，快回答！』

——？

他竟然在通訊上用了平時的稱呼，而不是這次的行動代號。

法迪烏斯難得有此焦躁的表現，讓西格瑪又驚又疑。

忽然間，「影子」出現在他背後。身穿老式船長服的男子愉悅地咯咯笑道：

「要不要回答，你自己決定。我可以給你一點提示。」

「……嗯？」

「順利的話，可以讓法迪烏斯那傢伙以為你死了喔？」

「什麼意思？」

西格瑪確定自己還沒按下答覆鈕後，詢問船長的意圖。只見船長替換成另一個影子——少年模樣的騎士，並說：

「就是狀況開始加速了。接下來不能有半點大意。」

宛如印證騎士少年的話一般，法迪烏斯的聲音從無線耳機冷冷地響起。

『……這條頻道從此凍結，往後不再提供任何支援。完畢。』

「！」

留下一聲短促的雜音後，西格瑪的耳機完全斷訊了。

——他是篤定我叛變了嗎？

騎士少年聳肩否定西格瑪的想法。

「不是吧……應該是認為你也被那個怪物宰了。」

「被夢世界裡的地獄三頭犬們？」

拿著蛇杖的少年隨這問題從巷口顯現出來，望著天空答道：

「不……那不是那種東西。『看守』也很難感知到，所以不容易用言語解釋。」

影子難得有這樣經過幾番逡巡後沉默不語的反應。

片刻後，他整理好思緒般點點頭，小心翼翼地慢慢說道：

「他……不，它恐怕是古代魔術師奮力掙扎時，刻劃於世界的爪痕。同時也是在這顆不知何時會破滅的星球上姍姍來遲的……可能成為新一代靈長的『某種東西』。」

「等等。首先，『它』是什麼意思？」

蛇杖少年的身影乍然消散，一名身穿飛行員服裝的女性，以坐在巷子半空中逃生梯扶手的方式現身。

「主人，你運氣不錯。要是當時人在大街上，恐怕就被捲進去了。」

「大街？」

她指的大概是水晶之丘面前的市中心吧。

距離這裡並不遠，使西格瑪背脊一寒。

他們——「影子」特地說明的危機，大多是真的只差一步就萬劫不復的事。西格瑪仍不太了解「看守」是怎樣的英靈，但對於影子們提供的資訊有一定的信賴。

儘管如此，下一則消息還是讓他懷疑自己的耳朵。

「你的同事們，總計三十八人的三個分隊，不到一分鐘就全滅了……被原本是費拉特・厄斯克德司的東西所殺。」

「……是因為那個英靈……開膛手傑克的力量嗎？」

「不，這件事與英靈完全無關。雖然他們曾打算做些什麼就是了。」

「……」

一時間難以置信。

說是同事，其實幾乎沒有交流。先不論個人戰力，在法迪烏斯的帶領下，這群人在戰場上比西格瑪老練得多了。

若是被英靈消滅，那還能理解。

那踰越常識的能量，在刺客與椿所說的「黑漆漆先生」身上都沒有半點懷疑的餘地。

可是影子說，都是那個身為主人的青年，費拉特·厄斯克德司所為。

——費拉特？

聽見這名字，西格瑪重新查看理應也加入教堂前亂鬥的青年的資訊。

他是艾梅洛教室隨便抓都能抓出一打的鬼牌(Joker)之一，別稱「天佑的不祥之子」。

雖不及「紅魔(Red Evil)」和「人間最優美的鬣狗」，西格瑪仍視他為需要關注的人物。

君主艾梅洛二世門下的鐘塔魔術師，以傑俊輩出著稱，其中還有無數連西格瑪這樣的魔術使都畏懼的人物。

例如在新加坡近海以龐大魔力與武力呼風喚雨，統馭海盜組織的東洋八極拳高手，以及以魔力與資產相抗衡，一手打造民間軍事企業的豪門千金，這兩人就是以先前那兩個稱號聞名的危險分子代表。

其他人的超常程度就沒那麼誇張了，不過費拉特．厄斯克德司好歹也是與「纏獸」史賓．格拉修葉特齊名的重點人物。

魔術使之間以「絕對不要跟他拚魔術，用拳腳揍他」互相告誡，對史賓則是「別拚拳腳，趁他不注意殺死他」。據說要是這兩人同時出現，必定是當場撤退。

——……不，其實魔術使裡「先避開與艾梅洛教室有關的人，再來才看是否與鐘塔有關」的人也很多吧。

西格瑪在幾秒之間瀏覽腦中壓縮的資訊，又對影子問道：

「……真的是費拉特．厄斯克德司做的嗎？沒有借用英靈的力量？」

這樣一句再三確認的話語，不是出於疑念，而是重新檢視地圖的意思。

事到如今，西格瑪早已不覺得「影子」可疑，而是當作必須在戰場上依靠的工具那樣信賴。

如同火拚之際，要信任手上那把槍的性能。

當然，槍枝這種東西，再怎麼細心保養都會有故障的時候。

準確度再高的情報販子，與實情都可能有誤差，何況西格瑪還被吃同一鍋飯長大的魔術師背叛過，不得不加倍慎重。

在幻術與魅惑術交錯的魔術師們的戰場上，不能過度信賴自己的耳目。

但話雖如此，比起用自己那點魔力使出的魔術，甚至法迪烏斯那邊提供的省事情報，西格瑪更願意將生命託付給影子的消息。

實際上，既然他都用影子的牌闖入戰爭了，想這些都是「多餘的」。

因為這些緣故，西格瑪半確認地詢問之後——

再次恢復成老船長的影子，給出了與想像不同的回答。

「不是。仔細聽人說話，從頭到尾都聽清楚了。不然某些時候，這可會要了你的小命。」

「？」

「我說的是『原本是』費拉特．厄斯克德司的東西喔？」

「費拉特已經死了，那和費拉特．厄斯克德司是不一樣的個體。」

×　　×

「……要當作西格瑪也無法再戰了嗎……不，他畢竟是法蘭契絲卡的手下，有可能是在她指示下停止與我方聯絡的。」

西格瑪的臨時長官法迪烏斯，對其失聯之事兀自思量。

但仍不至於做出「主動叛變」的假設，他打算與法蘭契絲卡聯絡之後再行判斷。

「中央區的監視系統遭到物理性破壞……其他區域監視系統的術式也被魔術性駭入並破壞掉了……沒想到監視攝影機併用魔術處理居然是白費心機……」

調查過監視系統遭毀而造成的損害後，法迪烏斯以自己都訝異的冷靜態度審視狀況。

說不定這與感到刺客——哈山・薩瓦哈的氣息就在附近大有關聯。能夠完全掩藏氣息的刺客刻意洩漏其存在，多半有其用意。

——或許是想警告我別違背諾言……他會緊盯著我。

下令暗殺史夸堤奧家族首領迦瓦羅薩・史夸堤奧的時候，刺客曾告誡性地問他「信念是否足以殺人」。

雖覺得那是場偽善的問答，但法迪烏斯並沒有輕視這件事。

無論有何意義，那都是他與使役者的約定。即使沒有正式的魔術契約，一旦違背諾言，那將會化為某種詛咒反噬自己。

話說回來，目前自己的信念沒有半點動搖。

如今仍能斷定收拾迦瓦羅薩．史夸堤奧是正確決定。即使結果導致美國政經運作受創，若從另一個角度看，也可視為防止了史夸堤奧家族私底下在未來造成更大的損害。

然而，在運用這位刺客時依然需要極其審慎。

畢竟現在連他有什麼樣的技能和寶具都是個謎。用令咒強行逼問恐怕會引發叛意，只能謹慎運用。

不過光看成果，他的能力的確十分優秀。

被他質問的信念，或許也在不知不覺間加強了法迪烏斯的意志力。

否則遇到這麼突然的變化，他可能會有丟人的反應。

「首先要修復監視系統。聯絡警局的奧蘭德，請他把整座城市裡無關魔術的普通監視畫面調過來。我們要合併原先併用魔術的系統、電子專用系統，以及透過使魔等眼線的魔術專用監視網三者，修復成新的系統。」

接連下指示的同時，法迪烏斯也在盤算如何穩定事態。

「……嗯？法蘭契絲卡的工房受創？迫降在南方的沙漠上……而且又跟費拉特．厄斯克德司有關……？」

為求方便，法迪烏斯仍指示手下將襲擊狙擊手的人物暫稱為「費拉特．厄斯克德司」。

原先只是預備在情況惡化時將它視為與英靈同等的威脅，現在連考慮的餘地都沒有了。

它與槍兵在空中散布的魔力，連這裡都感受得到。本能告訴法迪烏斯，他的確是該把它視為三流英靈之上的威脅。

也可以說它對他們造成了至今最大的損害。

「我已經請將軍盡快補充人員了，但我看今天是到不了了。」

華盛頓那邊似乎出了大麻煩，無法直接聯絡上他稱為「將軍」的長官。

以時間點而言，兩件事不太可能無關，讓法迪烏斯在心中進一步對費拉特．厄斯克德司，或者說對奪取其身體的某物提高警覺。

「……照情況來看，上面很可能會直接跳過我們下決定呢……不然我是很想親自指揮到最後……事情變成這樣，還有什麼臉笑那些參加過三次冬木聖杯戰爭的前輩們。」

發出如此牢騷般的嘀咕時，女性部下愛德菈從另一個房間返回，交出一份文件。

「這是分析小組的報告。」

「辛苦了，我就在等這個。」

法迪烏斯聳著肩接過文件，迅速掃視。

上面全是以一般聖杯戰爭而言，堪稱犯規的數據。

分析結果來自預先設置於整個城市的術式，可以辨識英靈的魔力反應與魔力連結者，並標示大略位置。

善於感知魔力的魔術師，或許能對敵對主人的位置有某種程度的了解。將這類魔術與城市的監視系統連結，當作大型情報網來使用，完全是「為聖杯戰爭打造的都市」這種犯規手段才能達成的事實。

對於能建立工房，做好禦敵準備的主人，暴露位置算不上問題，但有些主人寧願藏匿在城市之中，無論如何都不想被對手發現。

例如洩漏給弓兵陣營，就可能從遠超乎一般魔力感知的範圍外單獨狙殺主人。

事實上，巴茲迪洛所擁有的弓兵，便曾經嘗試從城外狙擊另一名弓兵吉爾伽美什的主人。這樣的情報往往價值連城，就算是召喚出刺客的法迪烏斯，有了能暗殺所有主人的手段，也十足有獲勝的可能。

但見過這些資料後，法迪烏斯皺起了眉頭。

「原來如此。先前的報告都只是讓我懷疑而已。」

在早已料到的法迪烏斯身旁，事先看過資料的愛德菈表情平淡地提問：

「『主人數目不對』……代表的是什麼意思？」

資料指出，疑似英靈的高密度魔力數目，和魔力與其相連的個人並不相等。

而且那些個人大半都是入城方式不明，連監視器情報網也辨識不出來。

其中還有些似乎只憑幻術易容，與多人分飾一角等伎倆所無法解釋的部分。

「有可能是失去主人的『流浪』使役者換過好幾個主人……」

法迪烏斯繼續往下看，嘴角一歪。

他看到的是複數英靈三番兩次替換主人的報告。

一個是假刺客。

這個襲擊了警局的使役者，目前的魔力並不是來自最先連結的主人。

更令人驚訝的是，對方是懷疑與劍兵結下契約的外來魔術師。

起初在監視器畫面上見到她時，就莫名令人掛意，且法迪烏斯至今仍摸不透她的真實身分。

「……一個人和複數使役者結契約？而且……對方還是會連發那種寶具的英靈？我不敢說沒有前例，但她的魔力真的龐大成這樣嗎……？」

法迪烏斯的系統只能偵測發動出來的魔力，無法測定每個個體蘊藏的魔力量。

「……說不定和君主特蘭貝利奧一樣，天生的原力恢復量異常地高，有必要提高警戒層級。請存活的部隊繼續監視她。」

給予指示後，他往下一個懸念來源看去。

「另一個替換過複數主人的靈基……嗯……」

看完報告的法迪烏斯表情嚴肅地低語。

「朵麗絲．魯珊德拉……難道是在我監視不到的地方戰敗了嗎？」

報告上的靈基，是藉由真召喚而顯現的騎兵。

若情報無誤，該使役者自稱亞馬遜女王「希波呂忒」。

這城市裡聚集了無數魔術師。

若有人企圖橫刀爭奪使役權，也不足為奇。

「不太像發生過英靈間的戰鬥，有可能是在騎兵外出時死在魔術師手下了。」

「是的。事實上，我們從兩天前就偵測不到她的魔力反應。」

「能打倒她的，有魯珊德拉家的後繼人選，或是民間高手……對了，確認到富琉加的行蹤了嗎？像他那樣的有實力之人組起團隊，也不是不可能吧。」

「要派監視部隊到希波呂忒反應的位置嗎？」

愛德菈的話語使法迪烏斯思索片刻。

確實，能多掌握些情報當然更好。

可是那場異變使人手一口氣陷入短缺，在支援部隊補上之前，還是別分散戰力比較好。

這麼想之後，法迪烏斯嘆一口氣，對愛德菈下指示：

「再幫我聯絡奧蘭德，請『二十八人的怪物』協助監視。」

「他們會答應嗎？」

「這樣的危險因子，他們不會坐視不管才對。」

法迪烏斯相信奧蘭德．利夫警察局長必定會答應，並繼續看其他情報。

「繰丘椿還是留在醫院裡……不曉得和她立契的英靈怎麼了，還是得繼續保持警戒。」

最後，他看著剛拒絕回報的棋子在醫院前留下的資料，喃喃地說道：

「從西格瑪召喚到現在……都還偵測不到與他相連的英靈魔力呢。」

這時法迪烏斯想起一件事。

西格瑪說與他立契的英靈，是名叫查理．卓別林的喜劇演員。

「……如果是真的，也難怪幾乎感覺不到魔力了。」

原本還以為是弄錯了，但現在或許是真的與喜劇之王結下契約的想法逐漸占據腦袋，使法迪烏斯對那其實不怎麼偏愛的部下不幸退場道出同情之詞。

「這麼說來，若被費拉特．厄斯克德司盯上，的確不堪一擊呢。」

「也是……先不論他魔術能力怎麼樣，他本來就不太夠格作主人。」

×　×

「……就是這樣。你被人小看了呢，小子。」

船長模樣的影子即時轉述了法迪烏斯的話。

這能力固然是極為方便，但若用在挖苦上，實在教人難以應對。

「別把臉拉得這麼長嘛，大哥？至少他有把你當成傭兵看啊？」

於是，魁梧戰士模樣的影子樂觀地說。

「這可是個機會喔？我看他老兄大概真的以為你已經死了。」

不用肯定句，是因為看守無法看穿人心。

西格瑪也表示同意。

他不是會因為機會高就武斷的人。

甚至以要殺就得殺到底作為信條。

可是西格瑪現在不太在意這件事，他比較想聽看守們說的「原本是費拉特・厄斯克德司的東西」與槍兵恩奇都的戰況。

「我單純想了解你們的看法。我有可能戰勝他們之中的誰嗎？」

「現在是完全不可能。比朝著太陽飛還要找死。」

聽背負機關羽翼的青年自嘲地這麼說，西格瑪不禁反思。

「……看來想贏得聖杯戰爭的話，我果然只有狙殺主人一條路。不過我的目的是破壞儀式，只要避免樹敵，並破壞聖杯的基盤就行了。」

「是啊。但那基盤深埋在地底下，還深得有點誇張。現在的看守都不夠穩定了，你自己小心一點。如果你能再成長下去，精度也會提升就是了。」

西格瑪對變回船長的影子稍微搖頭。

「我不會把危險因子排進計畫裡。看樣子，的確有需要暗地裡多和幾個人結盟。」

「那才是危險因子吧？其他主人們大半都是來搶聖杯的，不太可能同意你破壞聖杯。」

聽了化為騎士少年的影子這麼說，西格瑪又問：

「既然你說大半，那不想要聖杯的有誰？」

「首先是法蘭契絲卡、法迪烏斯和警方這邊。他們的目的是解析這場儀式，『能拿到聖杯算是走運』吧。」

「不行。其實一開始就不必舉出來。」

「劍兵和綾香，好像在夢境世界找到了鬥志。有機會說服他們，但是也有可能在最後變成敵對。」

「……那就先保留吧。」

西格瑪藏起情勢改變造成的疑慮，淡淡地說。

騎士少年即使注意到他的心理變化，也繼續說道：

「再來的刺客便不用多說了，她從一開始就想要破壞儀式。」

「嗯，值得繼續跟她談合作。等天黑以後，我打算避開攝影機與她會合。」

不假思索地如此斷定之後，西格瑪才發現自己出奇地信賴刺客。

對魔術使傭兵來說，這是危機的徵兆。

「然後……直到不久之前，希波呂忒陣營也算是這類……現在狀況有點改變了，多半會往爭取聖杯的方向走。」

「這樣啊。」

西格瑪和希波呂忒陣營本來就沒交集，合作的可能性很低，沒什麼好可惜。

但「狀況改變」仍是令人在意的關鍵字，西格瑪提醒自己在排定結盟對象後要趕緊問清楚。

——緹妮．契爾克陣營和巴茲迪洛陣營沒指望的話……還有哈露莉吧。

哈露莉．波爾札克。

西格瑪與她本人沒有交集，可是他替她的魔術師師父「八咫烏」出過很多任務。

「哈露莉不容易喔。要是稍微惹她身邊的人不高興，你就沒命了。不過那並不是不可能，我們也不過是個影子。如果你非要跟她結盟，我們沒有權力阻止你。」

「……知道了，目前我不會接近她。」

「要記得，在目的是破壞儀式的前提下，暗中幫助友方陣營也是可行的方法。不過這座城市有很高機率被夷為平地就是了。」

「謝謝你提供這麼絕望的情報。」

聽西格瑪這麼說，影子變成蛇杖少年。

「喔？你現在也會這樣諷刺人啦？」

「……嗯？諷刺？我？」

「不管那是不是好的變化，能用諷刺沖淡絕望並不是壞事。心理健康對身體也有幫助。很可惜，如果我不是影子，而是以完全狀態和你結下使役者契約，就能徹底治療你的身心了。哎呀，真是太可惜了。可以從問診開始，有需要的話再用融合神代和現代的技術替你動手術呢。」

「這……謝謝你的好意。」

影子語速變快，使西格瑪有種怪異的不安，鄭重謝絕他的假設。

——雖說是影子，每個人的人格都分得很清楚呢。

西格瑪再度感受到看守深不見底的能力，在警戒與信賴的夾縫間游移著思索未來。

「總之，要先找個安全的據點。知道哪裡沒眼線嗎？」

「附近大樓地下有個展演空間，裡面沒有監視系統。大街因為這幾天的亂象封鎖以後，現在完全沒人使用。」
對老船長的話點點頭後，西格瑪坐到巷子邊的石墩上。
「這樣啊……那就先趁監視器被破壞掉的時候趕快過去吧。」
影子船長看著西格瑪咯咯笑，為幾天下來彷彿換了個人的主人打氣。
「你也要從幕後跳出來了。在那之前，要先學會運用背上那東西喔？」
船長指著西格瑪背著的古老神祕弩弓說道。
從繰丘家帶出來以後，附在弩上的某物再也沒露過面。問看守也只得到「那在我們顯現之前就有了，所以不能斷定，只能推測」的回答。
「這樣啊。」
「明明不了解，你們倒是挺重視的嘛。」
「如果看守猜得沒錯，那將會是你的殺手鐧之一。就看你能不能成長到最後了。」
船長面泛壞笑，想考驗主人般，要給貫徹冷靜行動的西格瑪點一把火。
「這是一場試演，而且不知道這場戲最後是悲是喜……要慎選和你一起上舞台的人喔？」
並且像個舞台導演，用打量他夠不夠資格上台的眼神，注視從巷子查看街道狀況的西格瑪。
「這也是『看守』的考驗之一呢。」

×

×

同一時刻　史諾菲爾德　廢屋內

這是建於史諾菲爾德郊外的老舊飯店。

現在的廢墟景象只是表象，實際上是法迪烏斯的部下們於各地作戰時所用的臨時據點。

常設驅人結界，出入口也封鎖起來，不讓城市裡想試膽的年輕人擅闖。

但封印已遭到破壞，兩道人影立在日光照不進的室內。

「真是的，妳也太黏人了。被心儀對象倒追是一件很舒爽的事，不過我的愛是需要一些準備的。可以請妳稍微忍耐一下嗎？」

說話的是全身毛髮紅若夕陽的高大狼人。

「一下下就好，真的只要一下下就好。一爪把人頭砍飛，到身體倒地之前不是有段間隔嗎？就是身體明白『自己完蛋了』的那段時間。只要妳肯閉上眼睛那麼一下子，我們就可以一起變幸福了。」

他是捷斯塔．卡托雷的多種「面貌」之一，主要特化為高速肉搏的型態。

但受過費拉特．厄斯克德司弱化的現在已遠不及完全狀態，若與眼前的使役者——少女刺客正面交手絕對會輸。

「……」

另一方面，刺客根本沒在聽眼前這人說的話。

她知道對方的話不僅有害無益，還可能夾雜某些術式或詛咒。

但是，穢物就是該被驅除。

只為此特化的她心無旁騖，為擊潰虛弱對手的靈核釋放自身寶具。

「——『妄想心音（Zabaniyah）』——」

纏繞魔力的赤紅手臂伸出刺客背後，為刻劃毀滅而逼近捷斯塔。

捷斯塔已經被相同寶具摧毀一個存在核，他想過在緊要關頭用更多存在核當替身逃離現場。

也可以像把刺客從警局轉移到遠方時那樣，使用自己剩餘的令咒。但不知這對已切斷連結的刺客是否有效，拖延了他的決定。

該選自己的存在核，還是令咒？

經過瞬時的迷惘，捷斯塔心一橫，選擇放棄存在核。

就在刺客眼前，紅毛狼人一爪插進自己胸口——將心臟挖了出來。

「！」

這結果反而強迫鎖定狼人心臟的刺客做出選擇。

看是要就此用寶具咒滅他挖出的心臟，還是放棄這個靈核，以下一個面貌的心臟為目標。

刺客已經了解捷斯塔這吸血種的特異性，沒有多作算計，身體先隨本能行動了。

她的本能選擇的是以右手手刀刺穿心臟，再對下一副身體使用寶具的殲滅之道。

但捷斯塔也預判到刺客會如此拚搏。

因此，逐漸死去的人狼皮囊笑了。

胸口的彈巢圖紋旋轉起來，捷斯塔帶著混合肉慾與愛慾的詭異笑容，開始變化成下一型態。

那是人類——不，連生物都不算的人形鐵塊。

說不定是魔偶的一種。

與變身前的共通點只有狀似口部的洞在笑，以及胸口的彈巢圖紋。

下一刻，刺客見到了。

狼人挖出的心臟上也刻有某種魔術紋路。

——！

——這是，獻祭——

察覺時已經太遲。

術式在心臟破體的瞬間就已發動，所以可說是捷斯塔以死為賭注的勝利，而非刺客的失誤。

一秒後。

爆炸劇烈奔騰，炫目閃光吞噬了廢棄飯店的一部分。

× ×

「咯咯……一次用掉了兩顆存在核（子彈）……暫時不見了，我美麗又可愛的刺客。」

幾分鐘後。

捷斯塔隱匿氣息，偷偷摸摸地走在史諾菲爾德城區的小巷裡。

——要躲我那可愛的刺客，不能躲在樹蔭或沙土裡，得隱身在人群之中。

——天真得讓人陶醉的她，不會為了揪出我而殺光滿街的人。

這樣的想法，使捷斯塔刻意選擇回到城市中心。

現在的模樣，與在警局對戰漢薩．賽凡堤斯時相同。

當時，他是拿狼人心臟為祭品近距離發動自爆術式，以魔偶外型為盾逃離現場。

能否甩開刺客，就得聽天由命了。幸好她用的是攻擊寶具，能趁切換時的間隙脫逃。

若當時發動的是偵測類寶具，哪怕捷斯塔已經斷絕氣息，也會被立刻追上。

——話說回來，想不到那麼簡單就甩掉她了……

——難道是我可愛的妳也受了超乎想像的重傷？

——啊啊，這下我就擔心了。要是先被別人殺了怎麼辦……

然而為刺客擔心，恢復吸血種男性原貌的捷斯塔自己，也不是萬全之身。

漢薩留下的聖化榴彈砲傷口仍未癒合，臉上也有一大塊燒傷般的疤。

「那麼，下一步該怎麼走呢……那個小鬼的術式，害我的『彈巢』幾乎不能用了。」

捷斯塔一跛一跛地走著。

想就此沒入黑暗，又向前一步。

幾秒前還全是混凝土的巷弄牆堵，開始夾雜古老的石牆。

可是捷斯塔沒有察覺狀況有異。

又向前一步。

牆上的陰森爬藤蠢動起來，他也沒注意到。

又向前一步。

動畫角色般的可愛型南瓜色蜘蛛在頭上結起心形的網，他也沒注意到。

又向前一步。

原本是柏油鋪成的路，不知不覺間變成鋪滿了沙礫。

這時捷斯塔才注意到不對勁，抬起頭來。

「……啊？」

還不禁傻愣一叫。

因為本該再持續一段路的窄巷消失不見，布展在他眼前的是與先前完全不同的景物。

視線彼端，多出一座立於山崗上的西洋古城。

捷斯塔見過這座城。

儘管不曾親身造訪，仿效先祖飽讀人類歷史文化的他，仍有這座城的相關知識。

那是從前人稱「血腥夫人」的女貴族大肆虐殺的城堡──恰赫季采城。

而且不是遺跡。

保有當時的原貌，也沒有褪色的城堡，盤踞在山崗上睥睨著捷斯塔。

不僅如此，路上完全沒有行人的身影，只有形形色色的布偶以黏土動畫般的動作繞行著城堡周圍。

幾個布偶手拿烏克麗麗或喇叭，奏著頗令人煩躁的音樂。遊行隊伍中央，有個小丑裝扮的海星布偶在拋接骷髏頭和眼珠子。

「這是什麼狀況……不，難道——」

捷斯塔立刻想到自身狀況的真相。

先前，繰丘椿的夢境世界發生了一場異常氣象——「糖果之雨」。

對能夠造成那種現象的術者而言，這種程度的幻術應該輕而易舉。

換言之，自己現在是被他人創造的幻術世界逮到了。

——如果我是完全狀態，當場就能否定這點幻術逃出去了……！

這時城堡樓頂忽然發亮，有如嘲笑咬牙切齒的捷斯塔般，還發出只有他聽得見的聲音，在全世界迴盪。

「嗨～！準備好對突然又沒道理的事發火了嗎？慶典要開始嘍？倒數九、八、七、六、一、零、砰——！」

「啊～啊～！麥克風試音麥克風試音！好好玩好好玩的史諾菲爾德海盜電台，整天黑鬍子與整晚藍鬍子的節目要開始嘍！從加勒比海到奧爾良，從黃昏到天明的心碎之旅起跑嘍！咚——！嗚呼～！太開心太好玩啦……喂，電台這樣可以嗎？真的嗎？這種事留下記錄沒問題嗎？黑鬍子又是誰？」

接在闖入捷斯塔右耳的少女聲音之後，少年的聲音在左耳響起。

突發狀況讓捷斯塔這吸血種居然開始頭暈目眩。

見狀，左右兩耳的聲音說得更起勁了。

「總算抓到你了～！歡迎來到這快樂的遊行！有票嗎？這裡一票玩到底，吃的坐的都不用再付錢，可是不准回去喔？是不是很棒啊，捷斯塔弟弟！」

——唔！

直接指名使捷斯塔覺得事情不妙，而少年的聲音又更誇張地說道：

「要把高階吸血種困在幻術裡，真的是非常麻煩呢～！我又沒有薔薇魔眼，恐怕非得全力使用寶具不可。不過對付現在的你，我用平常的力量都有剩！把你削弱的那個人，謝謝喔！為了表達感謝，我們之中的一個可以跟你談戀愛喔！」

「那是懲罰遊戲吧？」

「說不定人家是喜歡慢慢玩讓生命漸漸衰弱的人……啊，不過我其實很專情喔，如果跟我說想要幻滅，我會陪你到最後喔？再說死因本來就是那樣！若是吉爾就不是戀人，而是朋友了。」

兩隻耳朵被填滿胡鬧對話的狀況，讓捷斯塔很想大叫，但最後只是咬著牙小聲呻吟。

「你們兩個……有什麼目的？為什麼要給我看這座城的幻覺？」

於是，少女以彷彿能看見有個人歪頭的聲音回答：

「咦？奇怪了，你不喜歡啊？嗯～羅馬尼亞的城堡跟這個我挑了很久，可是你的真實身分不是『以前梵·費姆那裡的多洛緹雅』嗎？所以我想說伊莉莎白·巴托里的城堡跟你比較搭。啊，先說清楚，我不是看性別挑城堡的喔？只是覺得血浴比穿刺好而已！」

多洛緹雅。

這名字使捷斯塔牙咬得更用力，而少年的聲音無視他，對少女的聲音說道：

「果然他大概是嫌城堡裝飾太樸素了吧？總覺得少了點什麼……在上面疊一個馬爾堡騎士城好了……」

「……？你在說什麼啊？法蘭索瓦（以前的我），還好嗎？」

「……？？？呃，抱歉。我自己也覺得很奇怪，我到底在說什麼啊？可是我就是忍不住會那麼想，把亞歷山大的大燈塔之類的疊上去應該很對味，整個畫面會很上鏡這樣……」

「是變成英靈以後腦袋會出問題嗎……？不過這樣也滿好玩的啦！」

依然胡言亂語的吵鬧男女的對話讓捷斯塔不耐煩地大吼。

「你們這些汙染星球的飛蟲殘骸，胡鬧也得看對象！你、你們不過是被這顆星球拋棄——」

「……話說那個刺客妹妹。」

「！」

少女的話使捷斯塔的怒火瞬間剩下火苗。

無論對方想說什麼，只要和親愛的刺客有關，就非得靜下心來聽不可。

「哇～突然變這麼冷靜實在有夠噁心，不過這反而讓我更支持你喔！儘管放心吧，吸血種怪物小弟，我們是來支持你的戀與愛的。」

「拜託不要一手拿爆米花喔！我們是你這邊的呢！」

——胡說八道，你們憑什麼……

才想這麼說，捷斯塔突然想到一件事。

自己究竟是在什麼時候，在哪一刻被關進幻術世界的？

「啊，你想到啦？終於想到了？」

「沒錯，把你藏到幻術裡的時間點……就是剛剛爆炸的時候喔？」

「也就是說，是我們幫你躲掉刺客的啦！啊，抱歉，一直這樣強調，好像在跟你討人情一樣呢！這樣不好，我換個方式說喔？」

少女的聲音降低音調繼續說道：

「其實你……『在炸掉自己的心臟以後，一步都沒有離開過喔』？」

「……唔！」

——太小看他們了！

——這幻術……難道起源古老到接近神代嗎……？

捷斯塔警戒程度三級跳，慎重窺探對手如何行動。

若幻術解除，現實中的刺客很可能就在眼前。

換言之，聲音的主人不是來討人情，而是來勒索的。

「別那麼緊張嘛。剛剛說啦，我支持你無法開花結果的愛。不過呢，我希望你做一件事來報答我～」

相較於高度警戒的他，少女的聲音極其悠哉地說道：

「西邊的森林裡，有一個麻煩的工房……喔不，根本就不是工房。有一個好恐怖好恐怖的神扭曲了世界的法則，要蓋出神殿和靈地呢！」

在捷斯塔和恰赫季采城前方扭來扭去的布偶們忽然全部由內炸開，噴出的不是棉花，而是大量血肉。

但滿地血肉卻不是一片紅，而是發出粉紅螢光，還蠕動著往遊行中心處聚集。

最後集中到海星布偶原本在拋接的骷髏頭和眼球上，像巨大黏菌般吸收著血肉，化作人形。

緊接著，粉紅螢光刷成蒼白，一名美少女顯現於該處。

少女恭敬行禮，轉著手上的傘說道：

「我們現在啊，是『為了人類』在進行這個聖杯戰爭。讓你這樣的死徒或神出太多鋒頭，其實挺讓人傷腦筋呢～一開始我是想拜託劍兵啦，但你也懂的，每次都是人類在打倒神或怪物，實在很膩對不對？」

這時少女——法蘭契絲卡．普列拉提，帶著滿臉享受的笑容對捷斯塔說道：

「所以呀……你可以幫我毀掉那個『神殿和神明』嗎？」

「……妳在說什麼鬼話……？」

突然的要求使捷斯塔眉頭大皺。

腦袋在為如何脫離這亂七八糟的狀況層層計算，周圍的魔力結構卻以更快的速度不斷變化。

不，恐怕其實沒有變化，只是幻術的障眼法而已。

但面對程度這麼高的幻術，有無變化結果都一樣。

能確定的，只有兩件事。

其一是眼前這女子口中的「支持你的戀愛」沒有半點可信度。

其二是只要是和美麗的刺客扯上關係，無論再可疑，自己都無法忽視。

少女對不甘咬牙的捷斯塔笑呵呵地說道：

「這件事時機很重要，請你盡可能躲起來，等到大概後天再動手。」

「……？」

「等它靠近到那邊去，應該就可以了吧。」

法蘭索瓦也遙望西方天空說道：

「就是啊～要是太靠近，搞不好會連聖杯的基盤一起破壞掉……」

少年聲音的主人不知何時出現在恰赫季采城頂上，望著遠方嘟噥道。

捷斯塔也有那麼點感覺。

與聖杯戰爭理應沒有直接關聯的強大魔力團——連處在幻術所造的世界中都能感覺到的「某物」，正由西方緩慢接近。

少男少女——兩個普列拉提將捷斯塔擱在一邊，注視著從遙遠西方逼近的強大能量體，泛起邪魅笑容異口同聲低語道：

「「好想把『那個』……摻進聖杯裡喔。」」

然而，就連這兩個幕後黑手也有不知道的事。

幾乎就在這一刻，平流層上戰鬥的餘波遍及世界，混亂逐漸擴大——他們知道來自西方的「某物」得到更強大的力量，是幾分鐘後的事了。

第二十二章
「第四日　最初且最後的安息日」

翌日。

史諾菲爾德的這天早晨，平靜到彷彿昨天毀滅性的喧譟全是幻覺。

然而，這不過是表面上的事。

新的喧譟開始擴大，但不是在城內——而是史諾菲爾德以外的廣大世界。

×　　×

美國西部　新聞節目

『接下來是針對今日災情的特別節目。政府表示，發生於華盛頓特區的河川大爆炸，是由於「不明小行星對撞的碎片擊落廢棄人工衛星所導致」——』

『最大的飛行物體疑似墜落於北極圈，畫面上是拍攝到的狀況。根據研判，這個物體由南方飛來，越過阿拉斯加與俄國交界後墜落於冰帽上，在楚科奇海北側與北極點之間炸出一塊近乎圓形的空白！粗估至少有五十萬平方公里的海冰全部消失，可以說是幾分鐘之間就蒸發掉一整個西班牙國土面積的海冰……』

『砸在北極的物體恐怕對整體人類……不，不只是人類。要是砸在北極以外的地面上，恐怕會對整個地球環境造成不可逆的影響——』

『城市近郊的墜落物被偵測系統誤認作人為攻擊，一時間造成國際情勢緊張。由美俄兩國發表共同聲明，以防止事態繼續擴大——』

『接下來是氣象報導。超級強颱【伊南娜】依然往東北方直線行進，在各地引發多起龍捲風肆虐，造成嚴重災情。颱風伊南娜在過去幾小時內速度有減緩趨勢，但威力卻不斷急速增長。巨杉國家公園內已有幾棵超過七十公尺高的巨型紅杉被連根拔起的紀錄，實在教人難以置信。目前科學家仍在分析颱風規模在短短幾分鐘內暴增的原因，而網路上已眾說紛紜，甚至猜測是之前小行星對撞的碎片與人工衛星墜落的影響。政府表示那全是無稽之談，請民眾不要輕易相信流言，靜待官方報告——』

×

×

第四日午前　史諾菲爾德西部　森林地帶

森林正在蠢動。

不斷接近史諾菲爾德的巨大颱風使周圍風速漸強，林木卻規律地擺動枝葉與風對抗。

林木的動作越來越規律，從空中能看見它們排列成巨大的漩渦，彷彿要反過來把周圍的風拖進去一樣。

位在其中央的，可說是與綠意盎然的森林中心既相襯又毫不相襯的人物。

一名外表集大自然之美於一身，卻穿戴各種現代社會高級名牌的女性。

她的身旁站了個偏都會風服裝，像是來露營的少女，還有高如大樓的巨大機械人偶匆忙地來回動作。

高至數十公尺的機械人偶周圍，飄浮著切成大小均一的岩磚，或以其力量煉製的黏土磚。這些磚塊似乎受到魔力的操控，在整平的地面上以鋪設石道的方式整齊排列。

「話說回來……妳在雷電方面的素養，感覺還挺深厚的嘛。」

占據了身穿名牌服飾的女性——菲莉雅身體的伊絲塔，看著具有巨大機械人偶外型的狂戰士說道：

「這孩子顯現在現代就是這種面貌嗎……還是說，哈露莉，妳召喚時用了什麼奇怪的觸媒嗎？」

「是、是的！呃……我原本想召喚狂戰士的愛迪生……所以用馬茲達燈作觸媒……」

「嗯～？馬茲達是阿胡拉．馬茲達？是因為這樣……？不對，召喚系統應該不至於這麼隨便吧。這麼說來……」

菲莉雅輕輕觸碰狂戰士。

光是被她的手所散射的魔力掃過，狂戰士的少女主人——哈露莉就受到精神快被蠶食殆盡的錯覺。

不，或許不是錯覺。說不定真的只要一鬆懈，魔術迴路就會整個燒光。

如此濃烈的魔力——堪稱神代以太的壓倒性「力量」，渦流於艾因茲貝倫的人造生命體內。

而伊絲塔似乎只用這力量來探測，便有所領悟地微笑。

「啊啊，果然沒錯。妳的聖光……配合這時代調整過了。象徵學會怎麼使用電力和火藥的人類文明本身是一種……災厄呢。」

「調整……？」

「這孩子對人類來說是具體的災厄喔。當然，她現在侷限在使役者的框架裡，無法發揮全部能力……等我完整無缺以後，就能替她解除那礙事的枷鎖了。」

枷鎖。

伊絲塔如此評斷這個透過狂戰士靈基顯現的英靈後，以睥睨群雄的笑容說道：

「神殿一旦完成，這身軀的神格就會再昇一階……到時候，我就把這星球的頂蓋徹底改寫好了。嗯，夢想無限寬廣呢！我可以盡情守望人類，人類也能被我守望到毀滅為止，根本是雙贏的關係！這時代真是造出了方便的詞呢，我喜歡！」

伊絲塔為不知是來自菲莉雅還是直接從星球汲取的知識，滿意地點著頭時——

「……」

她臉上的笑容忽然消逝，極其不悅地往城市瞪去。

「那個爛東西好像在看這裡呢……真想馬上把他刨成紅土丟到海裡去，但現在我先忍著。」

接著，占據菲莉雅身體的女神殘渣，看著不停整地與建設神殿的巨大機械人偶低語道：

「不過他看的似乎不是我，是妳這個老朋友呢。」

「？」

伊絲塔沒有多替哈露莉解釋，便有所領會似的兀自對狂戰士說道：

「妳的意識還在嗎？是完全消失了……還是藏起來了？」

「無論如何，那個爛東西只會持續無謂地掙扎直到永遠吧。」

×　　×

水晶之丘　最頂樓

「……妳還在那裡嗎……胡姆巴巴？」

緹妮．契爾克清楚聽見了恩奇都的呢喃。

原本敵對的槍兵，在前不久回到了這房間裡。

恩奇都與昨天下午突然出現的「某物」一路激戰到高空，緹妮也感受到了。

她的魔力都灌注在防止吉爾伽美什的靈基繼續崩壞上，無暇親眼確認，只能從身邊部下的反應知道這半天以來發生了非常不得了的狀況，且還在持續著。

儘管如此，她還是不願意離開吉爾伽美什。

就算窗外世界步入毀滅，也必須留在房裡繼續施術的想法囚禁了她。

槍兵在她瀕臨極限時返回，將主人銀狼的魔力連結分流到她身上，才暫時保住了她的性命。

緹妮在被人解救的感謝與屈辱，以及能力不足的慚愧交攻之下，聽見了恩奇都的呢喃。

——胡姆巴巴……

——吉爾伽美什陛下打倒的怪物，就叫這名字。

——……！

——就是那個鋼鐵魔獸……？

各種片段在緹妮心中瞬時串連。

刺穿吉爾伽美什的魔獸身上，有七色光輪。

如果不是一個光輪有七色彩光，而是七種色彩的光輪交疊而成。由此即可推測其身分。

若它真是那頭魔獸，一切都有了解釋。

吉爾伽美什。

緹妮目睹英雄王的當下，就被其光輝蒙蔽了雙眼。

忘了連王也畏懼的魔獸。

胡姆巴巴。

又稱芬巴巴，黎巴嫩雪松林的守護者。

在史詩中，吉爾伽美什與恩奇都藉太陽神沙瑪什之力擊敗的怪物。

「……」

緹妮對自己橫臥眼前的使役者——只剩人形空殼的吉爾伽美什靈基不斷輸送魔力，並暗罵自己的愚昧。

——要是我能事先看透……明明有許多辦法可以打倒那頭鋼鐵魔獸。

——我明明知道史詩裡吉爾伽美什陛下的勝利，大多不是孤軍奮戰得來的……

「嗚……」

蹲在一邊的合成獸——恩奇都的主人銀狼似乎感覺到緹妮的陰霾而忽然抬起頭，發出擔心的聲音。

「……真的很謝謝你。你是我的恩人呢。」

緹妮看著那表裡如一，單純關心落寞生物的銀狼心想：

——沒錯，我不能沮喪下去。

——直到最後一刻，我都不能放棄土地守護者後裔的職責。

——以及身為吉爾伽美什陛下臣民的義務……

倘若吉爾伽美什依然安在，知道這件事以後，說不定會說：「就憑妳這半吊子心態也敢做本王的部下，我看妳也未免太瞧得起自己了。」或者是將她裁罪為無禮之徒並處死。

然而奇怪的是，緹妮對此並不恐懼。

甚至覺得被那位國王當面處死，是命運的前定和諧。

——但是。

現在的緹妮，知道自己不能這樣下去。

吉爾伽美什在飯店賭場對她說的話，在年幼少女的腦海中甦醒。

——「要敬畏我是無所謂，畢竟此為理所當然之事。不過，可別盲信我。假使妳的雙眼雪亮，就憑那雙眼睛看清自身該邁進的道路。」

——「不，不侷限於我。不論是『神』，還是你們提及的『大自然的恩惠』，甚至『祖先歷代的夙願』皆然。放棄思考，崇拜敬畏某項事物，與讓靈魂墮落腐敗無異。」

這幾句話一次又一次地在緹妮腦中迴盪，刺激著她的靈魂。

——快思考。

——保持思考。

——絕不能停止思考。

不能滿足於賭上性命為吉爾伽美什靈基輸送魔力的自己。

這狀況並不值得肯定。

既然有空拿「我已經盡自己最大努力」當藉口，就該把時間拿來思考自己身為主人、魔術師與緹妮・契爾克能做些什麼。

想方設法破繭而出的緹妮心神漸趨純淨，魔力迴路逐步與土地同化。

她這一族，將在死亡之時融入大地。

依然在世的她也不斷與龍脈同化，注定成為其一部分。

因此，她注意到了。

身為土地守護者的她，清楚察覺到那巨大異變。

這整片土地，正被換上不同於以往的色彩。

——這絕不是負面的變化。

——可以感受到……土地正在恢復古代的面貌。

——但我……真的該接受這件事嗎？

——我該做的事情是……

一般而言，或許該將這視為外來魔術師對土地的侵略行為而憤怒。

不過，她心中有所糾結。

緹妮・契爾克心生迷惘的原因無他。

因為她感覺到，流入吉爾伽美什的力量中，有部分是來自這片逐漸變質的土地——儘管只有一點點。

但它們不像是累積在吉爾伽美什的靈基裡。

只是經過他的遺骸，流到其他次元去，這種奇妙的力量流動方式。

或者說，彷彿全落入了深無止盡的虛無空洞裡。

×　×

夢境中

繰丘椿在無比深濃的黑暗中抱膝蜷縮，全身裹在黑影裡打著瞌睡。

少女再也不作夢。

少女再也不指望任何事。

因為她知道了實現願望的代價。

如果那只是虛幻的夢境，倒還無所謂。

但現實殘酷得多了。

不知不覺間，已經有太多人因她的夢而犧牲。

幼小的她不太清楚實際上究竟發生了什麼事。

不過，只有一件事可以肯定。

那就是有很多人為她受罪。

因為她知道，以為能當朋友的黑衣哥哥姊姊現在如此困擾，都是她的錯。

——對不起。

——對不起。對不起。對不起。

無盡反覆的道歉，使對象變得模糊不清。少女變成不斷自我否定的爛泥，飄蕩在虛無之間。

應當立即流入虛無的空洞歉言，和她靈魂的輪廓原本都該就此散去——但繰丘椿的意識還能維持少女的形體，是因為她那失去絕大力量的使役者——蒼白騎士，將自身靈基化為保護膜包住了她。

但是，這使役者的存在根基，是少女的靈魂。

假如椿的意識與虛無完全融合，透過令咒連結的魔力也會斷絕，使他完全消滅吧。

騎兵並不害怕自身消滅。

因為打從一開始，他就不具有這樣的自我。

但不知是聖杯所設置的使役者功能使然，還是不斷幫椿打造理想夢境的影響，必須保護主人的程序留下了明確痕跡，不曾淡去。

本身即是死亡概念的使役者所造的保護膜，竟宛如象徵生命誕生的卵殼一般。

就此在虛無之海漂流，再過幾天，椿便注定要與使役者一起消失。

原本應該是這樣——

少女與英靈周圍，開始有些微的異變建構起來。

首先是沒有上下概念的虛無之海中，出現了大地。

起先像泥流或沙洲一樣不定。

它們漸漸固結為土，裹覆著椿的蒼白騎士之卵，慢慢降落到地面上。

與椿創造的世界不同的是，這裡並不以她為中心。

沒有光。

椿和蒼白騎士都還沒察覺這個變化。

或許蒼白騎士已經感測到了狀況變化，但他還沒建構出會在乎這種事的自我。

此後不知過了多久。

蒼藍的燈火，在距離他們很遠的地方冉冉升起。

靜靜飄搖的燈火遊蕩在黑暗大地上，最後來到椿與蒼白騎士之卵身邊。

蒼白騎士這才有了反應。

化為人形延伸上來，擋在燈火之前保護椿。

然而與燈火對立片刻後，蒼白騎士似乎認為它不是敵人，便恢復裹覆椿的型態，不再動作。

燈火也在幾次像不知如何是好的搖擺後越發光亮，在蛋周圍形成「長方形」的籠子。

乍看之下，有如囚禁罪人的器具。

不過燈火沒有透露出絲毫惡意或敵意，只是持續溫暖地照耀著椿。

這個溫柔圍繞繰丘椿的「籠子」——

同時，也像極了替少女療傷的搖籃。

×　　×

史諾菲爾德地下設施　大仲馬的工房

警察局地下，有通往城市中心各處的通道。

警方陣營的術士——亞歷山大・大仲馬的工房，就設在通道地下二十公尺處。

除了在房間深處忙碌的大仲馬之外，他的主人，警察局長奧蘭德・利夫與其部下貝菈・列維特也在房間中央。

奧蘭德面色凝重，大仲馬卻發出了愉快的讚嘆。

「水晶之丘的餐廳可真有一套呢。他們的炸油，肯定是熬高湯時浮出來的油。裡面的肉也處理得恰到好處啊。」

「……我不會再抱怨你擅自外出了。用令咒限制你，只會降低你的效率吧。」

「哎喲？越來越懂我嘍，兄弟。真是太好了。總之別怨了吧，在那種情況下，你們警察能全隊生還已經是奇蹟了。撇開那個夢境不談，周圍根本是一場大屠殺啊。」

「……」

大仲馬的話使局長沉默下來思索。

——費拉特・厄斯克德司死後出現的「某物」，沒有攻擊警察隊。

——難道他還是費拉特・厄斯克德司，而且我們的停戰協議……依然有效？

——如果真是這樣，以後還有機會聯繫他嗎？

局長告誡自己不該過度期待，摸索自己的下一步棋。

「聽說繰丘椿的生命指數又降一級了。我知道現在不能妄自揣測……」

側眼一看，平時冷靜得像把利刃的貝菈，難得看起來憔悴地雙眼蒙上陰影並說道：

「但後來情況也沒有任何好轉。現在是我姊姊在二十四小時照顧她，只是繼續這樣下去，能否撐過三天都很難說……」

「這樣啊。如果主人死了，使役者的靈基也維持不住吧。雖然對不起妳姊姊，但在見過那個英靈能把大批群眾與英靈一起關進固有結界以後，我不能冒著周邊地區甚至整座城市淪陷的風險來救她。」

「……是。」

「最需要防備的，是那個英靈找別人結契約……不過那個英靈那麼強，魔力一旦斷了就會立刻消滅吧。總之不確定的事，有必要警戒。」

貝菈對局長這番形同宣告放棄椿的言論，沒有任何異議。

他們都親身體驗過那英靈的力量。

若不是劍兵搭救，別說會出現大量犧牲，搞不好還會全滅。

在這種情況下還想連瀕死少女一起救，無非是罔顧全城市的人命。

儘管如此，一想到絲毫不知魔術世界存在的姊姊那麼賣命地想挽救那名少女，心情就不由得烏雲密布。

如此不像魔術師的想法，其實是受到局長的影響，隊員也大多如此。

就某方面而言，他們也是因為無法拋棄做人該有的倫理與道德，才會站在這裡。

撇開這不談，貝菈在局長手下待了這麼多年，自然知道最不甘心的是局長自己。

對於有魔術師思想又坐在局長位置的人，正確的做法一般來說不是「見死不救」，而是「主動根除後患」才對。

說不定早點終結聖杯戰爭，讓繰丘椿擺脫令咒的束縛，反而能救她一命。

——……我怎麼現在還在想這些東西啊。

貝菈為自己一廂情願的天真深痛自責，打算拋下一切私情去思考時——

忽然有股祥和卻又鮮烈地刺激人心的味道，搔過她的鼻腔。

「……？」

貝菈抬起頭，只見大仲馬從房間深處端著大盤子走來。

那令人垂涎的味道似乎就是來自那盤子，往旁邊一看，局長也皺眉看著大仲馬走來。

「喂，上菜嘍。」

大仲馬對那視線毫不介意，將盤子擺上會議圓桌。

剎那間，神奇的事發生了。原本不過是工作台的枯燥圓桌顏色和外型都被改寫，變成很有歷史的餐廳或貴族城堡才會有的古典奢華餐桌。

桌布隨風輕晃，不知何時出現的燭台往四周投射溫暖的光芒。

盤子上，盛放著光看就讓人覺得不枉此行的精緻菜餚。

那是用派皮與醬料，以蔬菜與慕斯作裝飾，有如宮廷庭園的肉類料理。添加在上面的松露薄片都變成組件，在盤上造出一個完整的「景觀」。

無論是哪一片蔬菜雕花，都滿是只懂得吃的美食家絕對想像不到的硬底子技巧。

彷彿是完美無缺的雕刻品，但不給人「吃了可惜」的感覺，而是充滿令人「好想趕快享用」，以食慾為優先的芳醇香氣，單憑視覺就能刺激胃與味蕾的色彩點綴於盤中。

「這是……」

大仲馬回答局長：

「嗯？跟處理你們那些武器一樣啊，『只是增加了點餐桌的歷史而已』。是叫投影魔術吧？可以說是同一類東西，吃完飯就會恢復原狀了。」

「不，我不是說桌子……這道菜是你做的嗎？」

「對呀，多餘的武器我全改寫成廚具了。我沒有蠢到會把毒匕首換成菜刀，放心吃吧。」

使役者對自己擅自作主毫不避諱，而局長的詫異也勝過了氣惱。局長知道大仲馬是個美食家，會親手打獵下廚，但手藝實在太超出他的想像。

「這道菜也是你用魔術做的？」

「沒有喔？我對我那障眼法魔術，可沒自信到敢用在讓人吃進嘴裡的東西上。」

「……這樣啊。想不到你會把吃飯擺在製造寶具之前……不，算了。你在裡面待了那麼久，原來是在做菜啊，你把味道隔絕了嗎？」

「被你打斷就不好了嘛。我看街上有賣不錯的雉雞肉，手就癢了。」

大仲馬仍舊大言不慚。

面對無奈嘆息的局長，大仲馬朝著唾沫絕不會噴到菜餚的方向侃侃而談：

「原本是打算拿另一種鳥的凍肉捲的醬汁，配上餐廳La Tête Noir的盧克魯斯風味來呈現，可惜材料不夠。然後我也想嚐嚐這時代派皮的滋味，就主要將雞胸肉包在派裡烤了。雉雞的味道在鳥類裡最為出眾，所以我在醬料裡少放了點香料。不過要是兄弟你和小姑娘不喜歡雉雞的味道，我可以做點調整喔？平常我不會做那種事，這次特別優待。」

聽了說話不曾如此輕快的大仲馬這番解說，貝菈也以驚訝目光看著那道菜說道：

「……真令人吃驚。剛召喚出來的時候你都是叫漢堡來吃，原來這麼會做菜……」

「哈哈～我說貝菈小姑娘，妳該不會都從小說、戲曲或史書上找我的資料吧？想真正了解我的話，要讀與吃飯有關的書才對。我用靈魂去寫的，可不是只有《三劍客》和《索爾斯伯里伯爵夫人》這些而已。真正的我，可說是完完整整地擺在烹飪記事裡面。」

大仲馬說得興起，回到房間深處為每人拿了足夠的盤子出來。

「從召喚到現在，我從街坊雜貨店的硬肉凍與銅板價漢堡，到會讓得到的軍用資金顯著下降的高級菜式都吃了一遍，吃法也配合這個時代的餐桌禮儀。說實在的，還挺有意思的喔？雖然不是無可挑剔，但為了避免自己跟不上時代，我姑且到處走走看看了。」

催兩人就座以後，大仲馬將菜分成三份並盛盤。

並且極其優雅地開始用餐，絲毫不見平時粗野的舉止。

局長和貝菈為這一連串意外面面相覷，但沒人反駁現在不是吃飯的時候。

眼前大仲馬的這些舉動有其用意。

他的態度給人這樣的想法——然而這盤充滿「食之魅力」的菜，讓嚴肅的奧蘭德和貝菈都立刻感到飢腸轆轆。

就結論而言，這的確是奧蘭德和貝菈此生體驗過最頂級的一道菜。

餐後，大仲馬飲下斟滿玻璃酒杯的酒，咯咯笑道：

「受不了，歷史研究的進步真是太棒了。以現在來看，我把Taillevent主廚（註：Guillaume

Tirel，服務於查理五世～六世時期）寫進《查理七世的廚子》無疑是個謬誤。以小說或戲曲來說，可以說是『跟查理七世扯上關係肯定很有趣，沒問題的』。但我萬萬沒想到，後人偏偏在我的烹飪記事上發現了謬誤。如果人對烹飪的研究又更進一步，說不定會翻案吧。」

即使聊起自己的失誤，大仲馬也沒有半點慚愧的樣子。

「不過啊，人研究烹飪的腳步從來沒有停下這點真的非常值得慶幸。到了現代，牛腎的吃法也好像研究得很透徹了。我可以很肯定地說，烹飪是促進人類進化的動力之一。在三大欲望之中，這可是基本中的基本。」

大仲馬瞇起的雙眼底下，仍閃爍著熾熱的光芒並繼續說道：

「想讓今天的晚餐比昨天進步、更好吃、更容易吃，或是更便宜、更簡便、更健康……哪種方向都行，只要還有一個人想讓烹飪多走一步，人類的文化就不會停滯。」

講到這裡他聳了個肩，一半是說給自己聽似的說道：

「但話說回來，我並不認為用新方法做菜才是最好喔？比如說我在我那個年代認為最好吃的烤羊肉，並不是用城裡最新的爐子烤出來的。那是去參觀迪昂迪昂遺跡時，當地沙漠民族請我吃的灰烤全羊，是一道沙漠料理。」

「灰烤……真想不到。」

「別看它是用灰土烤成的就以為它野蠻粗糙喔？準備起來可是十分講究，有長年歷史和經驗打底的。現在回想起來，我還是覺得那勝過全歐洲我所知的每一家店的羊肉料理。到了現代，狀況或許不一樣了……啊啊，好想再吃上一口啊。現在就跟我去突尼斯吧，兄弟！」

「別傻了，現在連出不了城的問題都還沒解決呢。」

這多半是繰丘椿的使役者造成的影響，現在依然沒有改善。

根據推測，有可能只是使役者在城市裡散布了這般性質的「疾病」，不能主動操控。

去過醫院的人都已恢復正常，像從夢境世界解放出來般，然而某種沒來由的強迫觀念依然殘留在意識之中，使人們不願出城。後來企圖出城的人，大半也因為同樣的猛烈惶恐而折回。

「……那種精神支配現在已經減弱很多了吧？如果是魔術師，配備一定水準的禮裝應該就逃得出去了。」

「等等，術士……你查到什麼了嗎？」

局長聽出術士話中有話，當場甩開餐後餘韻，轉換心態。

「你也預料到了吧？昨天那個砸在世界各地的隕石或人工衛星什麼的……起點怎麼看都是這座城市，可是你那些黑幕同伴連一通聯絡都沒有。所以，我看你是來檢查計畫有沒有出問題的。說得更確切一點，就是來看遠在這底下的那個偽造的大聖杯，『有沒有被移到別的地方去』。」

「……你說對了。」

「哎，既然對世界造成了那麼大的影響，兄弟你想知道『上面』那些人怎麼定奪也是理所當然。你們的目的，是控管聖杯戰爭時的周邊環境……或者說人類社會。搞砸了就跟著整座城市一起炸掉的事……你也不願意吧？」

「少拐彎抹角，你查到什麼了？」

從前段時間開始，術士經常利用連警方都不知道的管道取得情報。

結合部下們的證詞和大仲馬的能力，大仲馬很可能是能夠改寫電腦、網路與電磁波機械的故事。雖然不至於讓它們成為寶具，也能提升到近似禮裝的程度。

有此推測之後，局長就不時想找機會驗證是否正確。不過到了這一刻，比起真相，他更想知道「查到了什麼」。

面對態度從未如此急迫的局長，大仲馬先瞬間別開眼睛，審慎言詞答道：

「……代碼９８３『極光隕落』計畫。知道這是什麼嗎？」

「……唔！什麼時候啟動的？還有多少時間？」

「喔？你不懷疑啊？」

「我不認為剛才那頓晚餐是在為無聊的玩笑作準備。你這個人，在烹飪上比誰都還要正直。這麼明顯的事，只要吃了剛剛的料理就能知道。」

局長說得毫不懷疑，讓大仲馬臉上一時失去表情，然後笑嘻嘻地聳肩說道：

「真是，你也未免太嚴肅了。也罷，作戰已經在今天下午四點二十三分啟動，於四十八小時後執行。法蘭契絲卡小姐和法迪烏斯那邊大概已經接到通知了。」

「十五分鐘前嗎……術士，你是預料到有這種事才做菜的嗎？」

「抱歉，請原諒我這英靈耍點任性。我也希望是自己出錯，不過要是我先說出來，你跟貝菈小姑娘就沒辦法好好吃頓飯了吧？唉，實在想不到兄弟你『上面』那些人會這麼亂來啊。」

「……」

大仲馬收起笑容，對陷入沉默的局長說道：

「兄弟，你也早就猜到有五成機率會變成這樣吧？」

「是啊，我不否認。正因如此，我才猜想法蘭契絲卡會不會把大聖杯藏起來……難道她現在才要開始藏？」

旁聽兩人對話的貝菈皺起眉頭，問道：

「局長，請恕我多嘴。代碼９８３……『極光隕落』是什麼作戰？」

「從超高空投下『特殊彈頭』……把這座城市的一切事物連同土地的魔術基盤一起消滅的作戰。」

「……！」

「中間這四十八小時，是用來準備對外的隱蔽工作吧。紀錄上，只會顯示發生了世界性的大災難……官方聲明應該會像新聞那樣，說成有一部分『小行星』直接命中城市吧。」

聽局長說得這麼具體，讓貝菈大受震撼。

她一開始就被警告過事情恐怕會這樣發展。

也做過萬一出事時的覺悟。

然而事情即將實際發生時，貝菈心裡仍掀起了從沒有過的緊張。

警察同事們、史諾菲爾德的風景，以及被蒙在鼓裡，以醫師之姿日夜奮鬥的姊姊，紛紛浮現於腦海中。

見貝菈表情空白的臉上布滿汗珠，局長淡淡地說道：

「代碼982……『深淵的繁榮（Abyss Rise）』是高層斷定我們不可能由內部處理以後，法迪烏斯以其權限啟動的滅城作戰。內容是讓聖杯和龍脈失控，偽裝成岩漿庫異常爆發，燒掉整座城市。『極光隕落』則從外部……也就是我們的高層斷定『不可能繼續控制聖杯戰爭』後要做的處置，以免世上出現毀滅性的破綻。」

「不能請求中止作戰嗎？」

「強行破壞聖杯後，英靈就幾乎無法繼續活動。要是英靈們失控，這樣做是很有可能處理，不過……」

局長表情平靜，回答的聲音卻夾雜著懊惱。

「問題是，『現在有英靈以外的危險因子來攪局』。」

「費拉特・厄斯克德司……和艾因茲貝倫的人工生命體嗎？」

「這兩個一開始都是被聖杯戰爭的系統容納進來的。費拉特・厄斯克德司是從魔術師群體裡隨機挑選的主人……艾因茲貝倫的人工生命體，則是法蘭契絲卡找來『容納小聖杯的容器』。」

但是，這兩人如今卻成了完全不同的東西。

法迪烏斯和法蘭契絲卡昨天的報告指出，艾因茲貝倫的人工生命體被完全不同的人格附身。甚至這個「不明人物」（法蘭契絲卡疑似知悉其身分），力量恐怕比英靈還要強大。

「如果英靈像正常聖杯那樣接連出局……那些能量會累積到那個充當小聖杯容器的人工生命體內部的『不明人物』裡嗎？」

即使偽造的大聖杯難以重現第三魔法，最後蒐集的魔力量也將足夠龐大，要成為願望機也不成問題吧。

——到了聖杯戰爭終盤，她就會把小聖杯移到容器裡……但現在的那個人還是她要的嗎？

倘若聖杯的力量被具有自由意識的人物集中，那人還能在城市裡自由活動，隱匿工作肯定極為困難。

那力量釋放到城外會有怎樣的後果，原本是費拉特・厄斯克德司的「某物」已經用再清楚不過的方式向全世界展示過了。

對魔術理解尚淺的國家，只能按照聲明接受那是小行星碎片和太空垃圾墜落的結果，或當作某國發射飛彈或刻意的破壞行為吧。

但是在鐘塔等魔術相關組織，以及與他們有聯繫的大國，應該早已掌握了實情。

知道那是個人力量造成的破壞。

聖杯戰爭一開始在沙漠打出的巨坑，已犧牲了一個天然氣公司來隱蔽，重施故技太勉強了。

——若有聖堂教會支援，或許情況又會不一樣……

局長腦海浮現眼罩神父的臉。

過去，曾發生過高階吸血種——幾個有上級死徒或祖級之稱的破格怪物，在一夜之間將整個城市化為地獄的事。

當時聖堂教會利用其人脈與神祕，成功隱蔽了這件事，成績斐然。可是史諾菲爾德的聖杯戰爭，完全將他們隔絕在外。

連漢薩．賽凡提斯這名監督官也拿過去的冬木為由強行介入了，會幫到什麼程度實在難說。

——話雖如此，聖堂教會的原則裡也有隱匿神祕這條吧。

——現在拜託他很厚臉皮，但還是有請求合作的價值。

——雖然教會的走向可能會造成「四十八小時太久，三小時就投彈」……只能賭一把了。

「哈……不錯喔，兄弟你的眼神還沒放棄呢。看來你沒有把剛才那頓飯當成最後的晚餐。」

局長對頗為高興的大仲馬回答：

「那當然。既然法迪烏斯他們要拋棄我們，我們也不必看他們的臉色。身為警察局長，身為國家服務的人，我要把市民的安全放在第一位。」

「這樣好嗎？說不定結果會變成其他城市被這裡跑出去的怪物踐踏喔？所以上面那些人才想把這裡夷為平地。」

「我會阻止這件事。再說，就算把這座城市跟聖杯一起破壞掉，我也不認為費拉特．厄斯克德司變異成的『某物』……還有我不想承認的那個明顯很危險的颱風，會就此消失。」

「你是想奮鬥到最後一刻，力挽狂瀾嗎？不錯喔！這才是我的好兄弟！要是你開始喝悶酒耍頹廢，我就要改寫你整個人生了。」

大仲馬彎唇而笑，從椅子站起。

「二十八人的怪物接下來會很忙吧？不過吃飯時，把人帶過來就對了，一次一個也可以。我會端出剛剛那樣的料理請他們吃。」

「……這是有某種魔術用意嗎？」

「沒有喔？想太多了。只是覺得既然你們打算活下去，就讓你們把我深深刻在記憶裡。」

聽大仲馬說得這麼直率，局長和貝菈都有點愣住。

「記憶？」

「我剛不是說了嗎？這是我的任性。我寫的小說還留在這世界上，現在應該沒人會期盼我出新書吧？所以不如讓他們見識我的口味，之後一輩子都有『啊啊，當時大仲馬先生給我吃的料理實在無與倫比。不，我要親手做出比那更好吃的料理！我不當警察了！我要登上美味的頂點！』這種渴望……說穿了，就是我一點物質上的支援啦。」

大仲馬繼續用詼諧口吻滔滔不絕地說道：

「你知道嗎？雉雞這種動物啊，就是那個伊阿宋船長率領的阿爾戈英雄，從遙遠的科爾喀斯帶回希臘，然後才傳遍全歐洲的喔？是不是很適合替未來的英雄打氣啊？我是很想多說一點，可惜時間有限。來，快出發吧。如果需要寶具，我會在熬高湯的時候看著辦。」

「術士。」

「什麼啦？」

板起面孔的局長讓大仲馬拉下了臉，但局長隨後竟然稍微低頭道謝：

「無論是身為魔術師還是警察，我都沒有義務遷就你不合理的感情……可是我要以警察局長的身分，感謝你願意慰勞我的部下。」

在大仲馬看來，他依然板著臉，只是眉間多了點樂觀之色。

「接下來這兩天，我們恐怕會忙到連睡覺吃飯的時間都沒有，但累壞了也不好。多做點營養的料理給他們吃吧。」

大仲馬目送局長和貝菈就此離去，咯咯笑著自言自語道：

「真是的。今天沒有和英靈起衝突，多半是最後的安息日了，還這麼忙。也是啦，關鍵的兩天後恐怕要和這座城市陪葬了嘛……要是運氣不好，那就真的是最後的晚餐了。」

——實際上，他們究竟能撐到何時呢？

——我也沒剩多少牌能打。

——再來就是像我一開始期望的那樣，往「想看有趣的現實故事」的方向走了……

——不過他們應該是打算鞠躬盡瘁，燃燒自己到最後一刻吧。

大仲馬重嘆一聲，自嘲地說道：

「我好像稍微對兄弟他們用情太深，當不了單純的觀眾了……也換我燃燒了嗎？」

收拾完餐盤，他忽而看向工房角落架上整排的書。

那是他在這個城市裡的書店買的，自己曾經撰寫的《三劍客》等英文版書籍。

不僅是他的著作，也有許多與他同時代作家們的書並列其中。

其中一冊。

以圖畫書形式流通市面，「與他生前有故交的作家所寫的童話」。大仲馬捧著它低語：

「想不到，現在全世界的小鬼還在看那小子的書。《獸油蠟燭》到最後還是沒出版嗎？他老是說不夠成熟的作品賣不了錢，不過那反而是我最愛的一篇……」

大仲馬喃喃地邊說邊翻頁，並將目光停留在少女點火柴的圖畫上。

「浮現在火光裡的回憶啊。先不談他怎麼想，乍看之下還挺像我們英靈的……」

略微自嘲的大仲馬繼續翻頁——

「嗯？」

覺得某一頁很奇怪，於是他仔細重看一遍。

「……啊？」

翻開的頁面，是描寫少女在天寒地凍中賣火柴的童話最後一幕。

他立刻就看出了問題在哪。

結局和大仲馬所知的童話原著完全不同。

「原本凍死在美麗回憶中的少女，被改編成經由富翁的救助，人生從此幸福美滿的結局」。

「喂喂……慢著慢著慢著慢著……不會吧不會吧不會吧……」

那是在美國等地所出版，「將悲劇改寫成快樂結局」的圖畫書系列之一。

「你……做這種事……」

大仲馬再度查看作者名後愣了一會兒，雙手激動地顫抖起來——

「……哈哈哈哈！竟然有這種事！原來還可以這樣啊！」

並且一發不可收拾地大笑。

「我看到《三劍客》裡阿拉密斯變成女人那些改編的時候，還只是覺得『算你厲害』而已，可是這……這可是把那個偏執白眉毛的傑作骨幹！整個人生都改編啦！」

他兩眼放光，向天高舉童話故事書繼續大叫：

「不不不！我在工作上也替不少劇本改過稿，但從來沒想到要顛覆那麼完整的傑作啊！這可不只是杜西斯老爺子那樣翻案莎士比亞作品而已！專挑結局改寫是哪招！要是我用同一個標題來寫，一定是完全不一樣的故事……可是這種只改寫最後一部分，書名和作者都不變的手法，你這傢伙！這傢伙！真厲害啊，現代的出版社！太有意思了！好想看看那小子作何表情喔！好想對那個整天板著臉的傢伙說：『但是啊，全世界一定有很多很多人因為這個快樂結局得救，感謝你的大恩大德呢！』」

說了一長串難以辨別他和作者本人感情到底好不好的話之後，大仲馬笑得手都抖了起來——

但那笑容越來越和緩，並說道：

「不過那樣挑釁他……那小子對這篇故事應該只會強硬地說『不予置評』吧……怎麼偏偏改編成被富翁救助。所謂人生是一連串的諷刺，人皆生而醜陋，唯有命運（世界）瑰麗如斯……真是一點也沒錯。」

他像想起生前的種種般，眼中蕩漾著稀薄的鄉愁並闔上圖畫書。

「哎呀呀，書真的不能只是買回來擺著啊！」

原先的感傷不知去了哪裡，大仲馬以一如剛召喚時精神抖擻的眼神說道：

「好啦，多虧『那小子』給了我鬥志，我就來認真想想吧。」

這時背後電話響起。

八成是局長打來通知警察隊有多少人要來吃晚餐吧。

大仲馬對著聽筒盤算著怎麼買菜，同時不停思考新的劇本。

「我要在凍死之前，把那些看都不看這裡一眼的人全部揍扁呢。」

×　　×

柯茲曼特殊矯正中心

「不把上面的決定告訴奧蘭德局長真的好嗎？」

法迪烏斯淡淡地回答秘書愛德菈：

「不需要。我們原本就打算在走到這一步時，把奧蘭德局長從指揮系統切割掉。要說哪裡會有問題，只有法蘭契絲卡小姐會不會多事而已。」

即使得知上層決定要將整座城市化為焦土，法迪烏斯也顯得不怎麼緊張。

這場聖杯戰爭儘管狀況不斷，滅城卻是事前就安排好的手段。

因此，法蘭契絲卡是否會干預，才是政府方面的不安要素。

而且她現在不是單獨一人，還有使役者在。

從她在工業區做的幻術規模來看，恐有以幻術迴避滅城作戰之虞。

雖然法蘭契絲卡的幻術再強，也不太可能包住整座城市偽造轟炸結果。但是對轟炸機的偵測器和駕駛下幻術，偏移投彈點這點小事，她若這麼做也不奇怪。

「如果她願意按照預定計畫，用幻術單純帶走大聖杯的系統就好了……可是她這個人就是喜歡意外。要是她開始有『就這樣結束太可惜』的念頭，不曉得會幹出什麼事。」

「我們該如何行動？」

「在明天之內撤離。儘管繰丘椿的使役者下的詛咒還有些微留存，現在應該能靠一般禮裝破解了。不如說，沒有那種禮裝的普通人逃不出去，可說是不幸中的大幸。再加上颶風來襲，完全斷絕了史諾菲爾德的網路和無線電。現在這樣風暴罩頂，也不用擔心空中的情況被人觀測到。」

「那個颶風也被認定為異常現象了呢……」

「……如果是被英靈的力量或大聖杯活性化呼喚過來的，威力應該會在轟炸後減弱。無論如何，計算結果表示就算狂風暴雨也還是能燒掉整座城市。」

法迪烏斯對於即將犧牲全城無辜百姓也沒有顯露絲毫情緒，他對愛德菈下達指示後來到自己的工房。

接著，確認四下無人後對著鏡子往背後的黑暗說道：

「刺客，你在聽嗎？」

黑暗變得更黑，法迪烏斯感覺到陰影中的氣息有些許晃動。

「……有兩個危險因子讓我很擔心。費拉特．厄斯克德司目前下落不明，說不定已經離開史諾菲爾德……這樣的話事情就不是我們能夠處理，要請他上面的鐘塔和艾梅洛教室負責了。」

——那個君主好像就是專門用來給這種問題糟蹋的。

這種挖苦說給刺客聽也沒意思，他便不說了。

對法迪烏斯來說，接下來要給的指示比較重要。

「……另一個不安要素與費拉特無關。用來當小聖杯的菲莉雅被某種東西附身……而那恐怕是神靈的殘渣或詛咒。她的根已經深入土地，現正不斷改變周圍的魔力環境……刺客，我想請你調查她們。」

黑暗沒有回答。

但法迪烏斯相信他已確實聽見，便繼續說道：

「若不是具有最高階斷絕氣息的你，肯定逃不過附身菲莉雅的神靈之感測力。她正在把土地本身調整為適合自己的狀態……萬一改造土地讓她力量大增……就有可能封阻足以毀滅這座城市的火力。」

剛才與愛德菈對話時，法迪烏斯保留了一件事——分析結果表示，最大的懸念在於菲莉雅這幾天來急速膨脹的魔力。

「那場逐漸接近的風暴，如果是英靈或土地的影響造成的倒還好……但若是菲莉雅叫來的，事情就非常危險了。要是她把自己從大聖杯的系統中斷開，這將構成你們英靈的魔力全集中到小聖杯……那麼這個『神』恐怕會在世界上達成局地性的回歸。」

「……」

黑暗的氣息出現動靜。

確定他在聽的法迪烏斯屏除感情，將自己當成傀儡，以俯瞰角度操控身心。

他無意欺瞞對方，要講的也都是實話——只因不想在說這些話時，讓使役者窺見他的情緒。

「假如你我打算贏得這場聖杯戰爭並完成儀式，那麼時間只剩下不到兩天了。倘若想讓高層收回成命，至少要清除菲莉雅體內的神靈殘渣。而且除掉後會不會取消還不知道呢……」

「契約者啊，無需掩飾。」

「！」

有種黑暗本身在發出聲音的錯覺。

法迪烏斯割開自己的感情與身體，一滴汗也不流地靜待對方繼續。

「汝很清楚，用盡我靈基全部價值之時已經到來。」

「……對，說得沒錯。」

一旦說錯話，恐怕就會當場喪命。

若換作一般英靈，那樣的回答引來殺機也不足為奇。可是經過法迪烏斯這幾天的觀察，他認為對方不會那麼衝動。

不僅如此，他還更進一步地說道：

「我……要以主人身分，命令你『赴死』。但我不是要你自殺，只是下個死亡率高的命令。事後想怎麼做，都是你的自由。」

「……」

使役者沒有對這句話表現情緒。

沒有敵意，沒有殺意，也沒有對他死心的樣子。

彷彿相信主人的話還沒說完般，在晃蕩的陰影中沉默不語。

「在完成下一次的命令後，你不必再回來這裡。我身為負責人……為了保護你所謂的信念，絕對不會離開指揮系統，但是……」

「我會放棄聖杯戰爭參戰者的身分。」

×　　×

史諾菲爾德東部　沼地宅邸

「結果……西格瑪和那個少女刺客都沒回來呢。」

綾香坐在房間深處的椅子上，看著老舊的落地鐘。

心裡湧上的不安堆滿胸口，揮之不去。

原本應該開窗呼吸新鮮空氣比較好，但面前有人遭狙擊身亡只過了一天時間，她實在不敢那麼做。

沒錯。

反過來說，已經過了一整天的時間。

可是昨天——不，不僅昨天。邂逅劍兵後的連日混沌彷彿全是一場夢，雖然神經緊繃，過去一整天倒是十分平靜。

劍兵想立刻出去迎戰，不過考慮到綾香應該消耗了不少魔力，便以等她完全恢復為第一優先，一整天都在戒備周邊。

他自己多半也需要恢復金色英靈造成的傷吧。

綾香事前聽西格瑪說過，魔術師之間的戰鬥大多發生在夜間，所以守了一整晚，結果到了早上都沒人攻過來。

天亮後體力不支的她不小心睡到傍晚，讓她深刻感到自己其實也累積了超乎想像的疲勞。

——我該慶幸自己存活下來了嗎……

綾香抱著如此疑念，為今後思考。

正式成為主人以後，她覺得自己與劍兵的魔力連結變強了。

還不時感到體內深處有並非心臟的器官在脈動，細細振盪。但那多半不是因為劍兵，而是刺客使用寶具的緣故。

——也就是說……那個少女刺客也活下來了吧……

明明說不定哪天會死在她手下，綾香仍不禁為此放心嘆息。

即使有諸多歧異，現在無疑是同盟關係。
只見過幾次面，刺客就給綾香留下了不會人前裝無害再偷偷背刺的印象。
——對了……
綾香想起在恩奇都流連的森林裡與刺客重逢的事。
——她說劍兵很可怕……
這回憶讓她想到了一天前劍兵所說的話。
——「……英靈之座就姑且不論，但天國裡不會有我喔。」
——「我的靈魂……一定會在熾烈的煉獄裡受盡折磨，直到人類迎接結束的那天吧。」
那番話讓人極為忐忑。
綾香不太了解地獄與煉獄的差別，只知道那大概是靈魂會在那遭受刑罰的惡地。
至少從劍兵的口氣聽來，那不是個快樂的地方。
——劍兵說得像他到那裡去是理所當然，不過……
——我對歷史中的劍兵還是一無所知呢……
想到這裡，綾香認為主人對自己的使役者如此無知實在很不好。
況且她知道這屋子裡有堆積如山的書。
不如找幾本西洋歷史或百科全書來翻翻看吧。於是她站起來環顧房間——

忽然之間，她僵住了。

因為她視線的另一頭站了個人。

一個頭戴紅兜帽的嬌小人影。

「啊……」

綾香不禁倒抽一口氣。

之前幾次都發生過類似前兆的事，但這次出現在沒有電梯的屋子裡，表示這個不知是幻覺還是超自然詛咒的「現象」又更進一步了。

但是很不可思議地，這次感覺沒之前那麼恐怖。

雖然一樣會害怕，想移開眼睛——不過也許是因為成了劍兵的主人，或是小紅帽在大樓中說的話語，現在不會嚇到彷彿自我都隨之扭曲。

——「……一定要撐住。」

在大樓裡與劍兵會合的路上。

那個幻覺……為什麼會說這種話呢？

不，會不會連那句話都是大腦憑空產生的幻聽？

是太過恐慌，讓幻覺說出那種話安慰自己嗎？

如果是這樣，自己也未免太可恥。

——我哪有讓人鼓勵的資格……

——畢竟我可是……

——……

——……？

「奇怪……？」

腦袋變得異常沉重。

想回憶過去，腦海卻像陷入五里霧中，理不清思緒。

這是從來沒有過的事。

——我是怎麼了……這也是成為主人的影響嗎？

——不對。

——我非得想起來不可。

——那是……很重要的事……

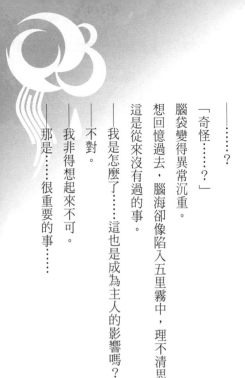

越是想釐清自身狀態，腦裡的霧反而越濃。
在這之前，關於那小紅帽的往昔記憶都只是因為「害怕」而不願想起。
但現在，想這樣鼓起勇氣面對她時，腦袋卻不聽使喚。
彷彿整個身體都在抗拒自己喚回那段記憶。
——這也是……那個叫菲莉雅的女性放的魔術造成的？
綾香回想起對她下詛咒，迫使她來到這城市的美女，全身直冒冷汗。
這樣下去別說整理不了思緒，恐怕短短幾秒前的記憶，甚至連自我都會喪失。在這樣的惶恐糾纏中——
「還好嗎，綾香？」
「！」
劍兵的聲音讓她全身又感受到了現實。
「唔、嗯。還好……」
「妳好像經常這樣……假如哪裡有問題，告訴我沒關係。呃，其實，現在這狀況就是最大的問題吧……」
綾香想用「不要緊，常有的事」回答擔心她的劍兵，然而——
「不要緊，常有——」

「真的不要緊嗎？」

「……」

「什麼常有的事……如果妳心裡總是有這種會讓妳臉色糟成那樣的煩惱，我反而更擔心。或許我真的不應該太過深入妳的私事，不過我想，盡可能幫助妳也是使役者的義務所在。」

「劍兵……」

「這並不單純是為了妳，說起來還有點自私。想打勝仗，內政也要穩住才行，我生前就是在這種地方犯了太多錯……主要給我弟弟造成很多麻煩。因此，重獲新生的我不想重蹈覆轍。」

劍兵態度格外認真，使綾香愣得直眨眼。

——對喔。

——我現在是所謂的主人……已經不只是我的問題了。

——不是一句「跟那沒關係」就可以算了。

迷惘的綾香終究透露了自己的煩惱。

「……你可能又會覺得我太在意那些瑣事。」

「我不能保證……自己不會輕視妳的問題，說不定真的會那樣說！因為這部分，妳懂的，我只能說這『就是我』！抱歉！」

「會不會太誠實？」

「先讓我說完，請妳反過來想一想！這也表示我有自信兩三下幫妳解決掉，才會認為那是小事！跟我談談應該不吃虧喔？」

看劍兵充滿自信地挺起胸膛，綾香想了想——

「真是的。我實在好羨慕你的自信喔。」

苦笑之後，她終於暴露自己的內心。

「其實……我不時會看見某個幻覺，而我一直在躲它。」

「啊，確實有這種感覺。」

「可是，原本只是不時看見的幻覺，現在變成能持續看見了。那是一個戴著紅色兜帽的小女孩……」

幾分鐘後。

綾香將狀況大致說明一遍，劍兵搓著下巴「嗯」一聲說道：

「我不懷疑妳說的話，只是有幾點想確認。在我們現在對話的這段時間，那個小女孩的幻覺也都在嗎？」

「……是啊。原本以為說一說就會消失了，結果沒有。」

綾香側眼往房間角落瞥去。

果然見到小紅帽依然低著頭站在那裡。
來到這城市以後，那個幻覺的存在感的確是越來越強。
綾香懷疑那是自己腦袋真要出問題的前兆，便怯生生地窺視劍兵的反應。
於是劍兵以嚴肅表情問道：
「在哪裡？」
「嗯……那邊，最左邊的書櫃前面。」
「這邊嗎？」
劍兵走到綾香示意的位置，伸手摸過去。
手與小紅帽少女重疊，而結果當然只是穿過去，劍兵和少女的表情都沒有改變。
「劍兵，你的手剛穿過她頭頂的位置。」
「頭在這裡啊。滿矮的，真的是小孩子呢……」
「嗯，是小孩沒錯。」
「……有……或是……嗎？」
劍兵以綾香聽不清的音量對著某人竊竊私語。
多半是他稱為「隨從」的同伴吧。
「這樣啊。好的，謝謝。」

劍兵對虛空道謝後，原地轉向綾香。

「聽我擅長魔術的夥伴說，這裡沒有神祕或殘留意念之類的感覺。」

「所以說……真的是我的腦袋出問題，所以看到了幻覺？」

「或許是這樣，或許不是。可能問題不在我所在位置，而是妳的內心被施了魔術或詛咒，也可能是被某種靈體纏上了。」

「幽靈……是啊，劍兵也跟幽靈差不多呢……」

說出部分魔術師聽了可能會大聲喝斥的話：「不要把殘留意念和境界記錄帶（Ghostliner）混為一談！」之後，綾香自嘲地笑著看向天花板。

「到最後還是只能找人驅邪或是看精神科啊……」

——……驅邪？

——這樣對嗎？

——那個小紅帽……有對我做什麼嗎？

——明明只是我單方面怕她，有罪惡感而已。

——況且那個孩子……

——啊啊……想不起來。

綾香又感到腦裡起霧，便放棄追溯記憶，自言自語地開起玩笑話：

「乾脆別管她是幻覺還是幽靈，如果跟她說話就能解決……」

既然劍兵在這，或許就能鼓起勇氣走近小女孩了。

這麼想的綾香移回視線，發現劍兵有奇怪的舉動。

「呃……劍兵？」

他在周圍空中放了幾個色彩繽紛的魔術水球，以某種夢幻又具流行藝術風格的方式，裝飾在綾香指示的小紅帽周圍。

穿過水球的光在周圍照出彩虹光，劍兵還拿出不知從哪裡拿的老舊弦樂器奏起活潑的音樂。

那是幾天前，劍兵在展演空間聽到的電影主題曲。

劍兵僅僅聽過一次就將其改編成弦樂風且加以熟練的演奏，甚至讓綾香有點感動。

但她隨後想起這狀況有多莫名其妙，感動立刻化為烏有。

房間突然變成輕快的音樂宣傳片場景，使她傻著一張臉茫然地問道：

「……你在，做什麼？」

只見劍兵維持演奏的手，帶著陽光笑容極為認真地用力點頭。

「沒有啦，既然妳會怕那個看不見的小紅帽，我就幫妳裝飾一下周圍，讓她看起來更有趣可愛，更有親和力一點，妳就不會那麼怕，這樣就什麼事都解決了！」

看劍兵說得這麼有自信，綾香不敢置信地開口：

「你用實際行動幫我，我是很高興……可是，我可以說實話嗎？」

「請說！我大概想像得到妳要說什麼，放馬過來！」

「你是笨蛋嗎！別誤會，我很感謝你沒錯，可是很抱歉！那種事一般來說是不會想到就去試的吧！」

——對喔，他就是這樣。

——這幾天看過太多誇張的事，害我都忘了……

——劍兵他是會跳上警車，對群眾演講的人啊……

「哈哈哈，我理查身為金雀花王朝的一員……又有獅心王之稱，面對新的嘗試沒在怕的！」

「稍微害怕一下好不好！拜託！」

大吼之後，綾香無力地抱起頭——

發現不知不覺之間，她滿腦子的迷霧完全消散了。

「……」

曾幾何時，小紅帽已不見蹤影。即使有「她該不會是害羞到躲起來了吧？」的疑問，綾香仍放下了高懸的心。

——不行，還不能放心。

——下次看到她……要勇敢面對才行。

——雖然一個人的時候很不容易……

綾香看向劍兵。

她也不懂，自己為何這樣就自然而然微笑起來了。

「怎麼啦？小紅帽隨我的音樂起舞了嗎？」

「真的是這樣就好了。」

綾香對著前來的劍兵回以苦笑，握拳輕敲他的胸口。

「總之，那個……謝謝。我沒那麼難受了。」

「是嗎，那就好。」

看著滿懷自信，笑容卻略顯稚氣的劍兵，綾香下定決心。

——我要戰鬥。

面對勢必發生的激烈混戰，她暗自期許。

期許自己即使不懂主人該做什麼，也要作為人，伴隨這個怪胎夥伴奮戰到底。

因為無知，她得以棲身於一時的安寧。

因為無知，她甚至感到些許的幸福。

她不知道再過兩天，這座城市就要從世界上消失。

她不知道自身埋藏的祕密，和自己究竟「忘了什麼」。

這讓沙條綾香在此時此刻——

比任何一個、任何一個史諾菲爾德聖杯戰爭的參戰者都笑得更像個人。

幕間

「戰士休息，刺客奔走」

第四日　夜晚　史諾菲爾德　展演空間

史諾菲爾德夜幕低垂。

魔術師們蠢蠢欲動的時段到了。

西格瑪提高戒備，慎防其他陣營藉機行動，不過根據看守們回報，狀況相當風平浪靜。

「還有四十一小時啊……」

他看看房裡鐘面上接近晚間十一點的時針，再度確認自己手錶上的時間。

他已經在這地下展演空間躲了將近一整天。

幾小時前為了補充飲食外出一次，全程在看守影子的指示下進行，沒被法迪烏斯那邊發現。

但儘管有他們的幫助，西格瑪也不會輕舉妄動。

狀況變動的速度，十足有可能遠超乎看守提供的情報。

所以他原本打算以持久戰的方式來準備，然而行不通了。

因為影子們告訴他，這城市將在兩天後的傍晚遭受毀滅性轟炸。

若無目的，當然是先溜為上，不過西格瑪現在有個明確的目的。

為達成目的，得到消息後的這半天——到明天黎明時分，他要充分蒐集情資，做好準備。

「這不是看守的意思或建議，這個問題，單純是我這個組成影子的虛擬人格在好奇而已。」

化為老船長的影子對不停動腦的西格瑪問道：

「你怎麼不快點逃走？想破壞聖杯的願望，轟炸機會幫你搞定。現在只需要催眠繰丘椿的主治醫師，用救護車什麼的把她跟椿一起送出去就行。蒼白騎士的詛咒已經稀薄到殘渣的程度，就算是你這點魔力也有辦法突破才對。」

這時船長忽然變成飛行員模樣的女性，對西格瑪說道：

「再說，大聖杯炸毀以後……或是普列拉提先用幻術徹底掩藏了大聖杯，看守就會跟著離開這片天空。要是在這時候被特殊部隊盯上，你只能自己看著辦了。」

於是西格瑪的眼瞇得又尖又細，說出不那麼做的理由：

「繰丘椿的生命指數下降，不是你們自己說的嗎？」

對此，影子變成蛇杖少年，以充滿不甘與悲痛的語調編織話語：

「……我不會否認，這讓我覺得很慚愧。要是我不是影子，而是實際顯現的英靈……我絕不會讓她繼續接近死亡。不管怎樣，無論用什麼手段都要治好她。雖然屆時的我應該不是我現在這個人格，但我相信這點是不會改變的。」

「……現在的你，不能告訴我怎麼治好她嗎？」

「這會牴觸影子的規則。看守從空中觀察到的一切，我都能告訴你，可是我們生前的知識不能說太多。何況就算能說，治療她也需要我的技術和魔力。時間不夠我把醫術傳授給你。」

「這樣啊……」

這麼說來，果然非得阻止轟炸不可。

這幾小時以來，西格瑪對這個可能性想了很多。

假如聖杯戰爭在轟炸前告終，高層會避免無謂的犧牲嗎？

答案是不會。

根據看守提供的情報，問題不在於英靈。

與是否為英靈無關，現在有兩個人，擁有與英靈同等或更為強大的力量。

一個是在高空中對槍兵自稱「提亞．厄斯克德司」的少年。

而另一個是如字面意思在「改造」城市西部的森林地帶的女子——奪占人工生命體菲莉雅之肉體，名叫伊絲塔，疑似神靈的人物。

關於這兩人，他們不會因為聖杯戰爭結束而消失。

那麼，高層就只有趁他們執著於這座城市時一網打盡的選擇。

然而——

「……真的能消滅他們嗎？聽你們的描述，他們就像核彈直接打在身上也撐得過去耶？」

背負鳥翼的青年答道：

「不曉得。伊絲塔決定要在那裡蓋神殿，應該不會逃跑才對。提亞・厄斯克德司是自由之身……不過『在對戰槍兵以後，目前離開了這座城市』。那場戰鬥似乎沒有結果，而他也不至於受到無法行動的重傷。」

「……他還沒回來嗎？」

西格瑪之前已經問過，現在再確認一次。

從展演空間所播的電視新聞來看，昨天的隕石災害似乎讓全世界一片混亂，而之後則不像有牽涉魔術的後續事件。

當然，很有可能只是隱蔽掉了，但這也表示事情沒有大到無法隱蔽。

「說實在的，他沒有理由回來吧？」

化為老船長的影子回答西格瑪的問題：

「就算是這樣，想炸掉這座城市的人也證明不了啊，小鬼。不過呢，要是有查到他在其他地方活動的跡象，事情就令當別論了……無論如何，既然西方森林變成那樣，也沒辦法了。那裡的地形不管是魔術性質或物理性質都在不斷改變啊。」

「……」

「『這也是一項考驗喔』，小鬼。啊啊，我指的不是打倒伊絲塔或提亞。」

老船長繼續對沉默的主人說道：

「小鬼你利用我們的力量，『知道了』這座城市正處在毀滅的邊線上。現在去街上叫別人快逃，也不會有人相信。就算信了，不懂魔術的普通人也逃不出詛咒的殘渣。」

「……是沒錯。」

影子化作少年騎士，試探西格瑪般說道：

「反過來說，現在的狀況只有你逃得掉。不管繰丘椿和城市裡的人，選擇自己的性命就好。誰能怪你呢？這道高牆不是你憑一己之力就推得倒的，所以——」

「我不會逃。」

「什麼？」

「我要……選擇戰鬥。」

如此回答的西格瑪雙眼平靜如夜，眼眸深處卻透露著無比的決心。

腦海中浮現的是幾小時前外出時，潛過逐步修復的監視網縫隙途中，與無名刺客的對話。

×　　×

幾小時前　史諾菲爾德某處　巷弄中

「……這座城市……要被摧毀了？」

「對。如果我的情報沒錯，上面那些人要把整座城市的人一起燒光。」

「這實在……太愚昧了……」

無名刺客黑色兜帽下的臉氣得五官扭曲，雙拳緊握。

西格瑪沒透露情報來自看守，繼續說下去。

他對隱瞞自身能力有罪惡感，不過他自己也不曉得，那是來自魔術使傭兵甚至對可靠夥伴也不會多透露半個字的習慣，還是因為謊稱自己的英靈是卓別林。

「該怎樣才能阻止這場暴行……？把下令的人全部——」

「殺了他們恐怕也停不了。每個時代或許不太一樣，現在是下令之後就算將軍死了，士兵也會繼續執行，除非接到其他命令。而且……這不是將軍帶頭指揮的戰爭，命令系統非常分散。想在兩天內找出執行命令的飛行員，和包含預備人員在內的每一個人全部殺掉，實在太不實際。」

法迪烏斯的使役者連看守也觀察不了，說不定辦得到，但沒有方法能主動聯繫他。

——再說……光從法迪烏斯的話聽來，那個刺客有可能是哈山．薩瓦哈，對同一個暗殺教團的她不曉得會造成什麼影響。

「話說回來，我們連下令的指揮官位置，和轟炸機的起飛基地都不曉得。」

「那你打算怎麼做？」

「我……我要尋找就算城市毀滅了，也能解救繰丘椿的方法。但是，我會像妳說的那樣，先去尋找阻止轟炸的手段。如果可以，那樣最好。」

解救繰丘椿。

聽見這句話，讓刺客的眼睛浮現些許安心。

「這樣啊……找到以後立刻告訴我，我一定幫你。」

或許是刺客本來就不覬覦聖杯，她不僅對他拯救城市的想法沒有異議，還認為這是最佳選擇並點頭。看著這樣的她，西格瑪不禁想——

這個刺客雖是專司暗殺，本性卻相當善良。

先不論以暗殺為手段的人能否稱作善良，西格瑪只拿她跟自己比，自然會將刺客視為「比自己更善良的人」。

刺客擁有西格瑪所沒有的操守，甚至讓他心生敬意。

但是，他並沒有注意到——

參加這場戰爭之前的他，心裡並不會產生這樣的感情。

而刺客接著向尚未察覺自身種種變化的西格瑪說道：

「在那之前，我會去追殺那個魔物。」

「那個吸血種？」

「非得有人收拾那個魔物不可。就算這座城市化為焦土，他也會用魔物的妖術躲過一劫。他們本身就是對人類偉業的否定。無論是多凶惡的力量，只要是人類創造的，他們都可能抹消。」

「會不會已經逃出城市了？」

對這理所當然的疑問，刺客搖了搖頭。

「不……他還在這附近。雖然要用寶具偵測才能確定……但是我和他的聯繫，依然以汙染著我的方式留在這裡。」

刺客憤恨地看了看自己的雙手——然後想到代替原主人為她供給魔力的同盟對象，對西格瑪說道：

「麻煩你幫我通知沙條綾香，叫她趕快逃命。我不想把她捲進我的除魔行動裡，我會用剩下的魔力想辦法解決他。」

「知道了。我預定明天去找她，到時一定記得。」

「還有……替我謝謝她。」

「我會的。」

——劍兵開始想打聖杯戰爭了的樣子……

——可是以他們的個性來說，不會樂見城市遭到摧毀吧。

「那魔物在稱作死徒的吸血種裡面，位階可能很高。妳一個人沒問題嗎？」

「正因如此，我要趁他變虛弱的現在速戰速決。你也該把力量都投注在自己該做的事上。」

刺客說完垂下雙眼，隨後抬頭直視西格瑪說道：

「你……西格瑪，是決心要救那個女孩吧？那麼，這就是你的信仰。」

明確地說出他的名字後，刺客繼續說道：

「我已經被魔物的邪氣玷汙了，而且我本來就不夠成熟，沒資格指引你。不過……你還是找到了足以相信的東西。」

她留下這句話後消失在巷子裡。

她當時的容顏，深深烙印在西格瑪的腦海裡。

最後抬起頭時，臉上——

是她從未有過，由衷為西格瑪慶幸的，發自人性的微笑。

「……知道那是一個善良的祈願，真的讓我很高興。」

×　　×

現在　地下展演空間

「見死不救，還是戰鬥？」

西格瑪語氣平淡地回答影子的問題：

「如果這種選擇就是給我的考驗，那對我來說肯定是最輕鬆的考驗。我不認為自己的性命有多大價值，所以只是個選擇而已。能不能執行選擇的結果，才是真正重要的考驗。」

「是嗎，你選擇同歸於盡呢。」

「我不打算同歸於盡。就算我性命再低賤，那也不是為了自殺，我也不想平白送死。」

西格瑪表情毅然，對聳肩的騎士少年影子如此宣言。

只見影子又變成蛇杖少年，他臉上的微笑略顯蒼涼。

「伊絲塔雖然只是殘渣，可是你真的要違逆這個神靈、對抗暴虐無道的破壞、與人類創造的社會法則，和形同風暴雷電化身的災厄之獸為敵……甚至推翻那少女步入死亡的命運嗎？」

「不是能不能的問題……我只是認為那是自己該做的事而已。要是就這樣拋下一切逃走……預感告訴我，我恐怕再也睡不好覺。那對我來說比死還要痛苦。」

「原來如此。」

聽了西格瑪的話，影子點頭表示理解。

「假如你真能破壞這道『牆』……就是做到了我們做不到的事。我支持你。到時候，我們會在輝煌大道的照耀下，與你的人生一刀兩斷。」

「？你這是什麼意思？」

「咦？」

見西格瑪疑惑地歪起頭，影子也跟著歪了歪頭。

「這是我和你們的聯合作戰。我破壞你們說的那道牆時，你們也會在啊……什麼一刀兩斷，不合理吧。」

「……你現在是在開玩笑嗎？」

「我說了什麼好笑的話嗎？」

影子變回老船長，對依然面無表情的西格瑪說道：

「小鬼……我們幾個可是看守的影子，不是你的影子。你該不會忘了吧……？」

西格瑪愣了一下，尷尬地別開眼睛一會兒後——

「對不起，我真的忘了。」

他難得苦笑著坦率說出自己的情緒。

「看來我……好像還滿喜歡你們這些嘮叨鬼呢。」

第二十三章
「第五日早上　神代與現代——黎明——」

史諾菲爾德西部　森林地帶中央

隨著史無前例的巨型強颱進逼，史諾菲爾德總算颳起強風。

但即使有颱風正在接近，東方升起的陽光仍照進了森林裡。

或許是颱風中心部雲量異常密集，雲層與風勢相反，尚未覆蓋森林上空。

而被溫暖陽光與呼嘯強風所擁抱的森林中央，響起了一道充滿神性的聲音。

「哈露莉，我任命妳為這裡的祭司長，好好表現喔！」

「……？」

——她剛剛……說什麼……？

哈露莉站在切得平滑的石地上，困惑到不知該怎麼回答。

遠處傳來風聲，風與陽光卻未能觸及她的身體。

她的周圍，現在遍布著瓷白牆面與金色飾物的光輝。

祭壇與座椅等物使用了大量看似青金岩的琉璃色石料，給人高級美術館展廳般的第一印象。

但是，哈露莉知道自己人在森林中央。

短短兩天前，這裡還是個草木茂密的地方。

而哈露莉的狂戰士使役者在伊絲塔的指揮下，僅花費一天半就打造出了這樣的空間。

光是這施工速度就快得她頭暈眼花了，混亂之中，伊絲塔找她過來還劈頭就說這種話。

若有哪個人這樣還不會手足無措，那肯定是個早已習慣這種超常異象的人了。

伊絲塔這神的殘渣，就這麼不管哈露莉，一刻也不停歇地不斷說著自己的想法。

「驚訝到說不出話了是吧！也對啦，受命為祭司長這麼光榮的職位，我了解妳的喜悅。可是不能像之前那個被胡姆巴巴幹掉的笨蛋一樣得意忘形喔？」

「那……那個！責任這麼重大的職務，對我來說……」

「謙虛只限一次。再有第二次就等於是『懷疑我的眼光』，要注意一點喔？」

伊絲塔笑咪咪地嚴聲囑咐。

哈露莉一聽便結凍了似的閉上嘴。

因為她知道那不是恐嚇，單純只是點出事實。

對伊絲塔來說，剛才那句話的警告意味，只和「把頭砍下來玩會死掉喔？」同等而已。

與此同時，這神靈又是那麼地奔放，隨著自己的情緒行動。

在哈露莉眼中，她是包羅神的傲慢與嚴格，以及憑自己自然神的本性而活。

看到哈露莉說不出話只能發抖，伊絲塔苦笑著說道：

「我說啊，我並不是想都沒想就任命妳為祭司長喔？」

「您是說，這是有深意的嗎……」

「對呀！以前在信奉我的烏魯克，有個歷史上首屈一指的祭司長，『和妳的名字有點像』。我是不曉得她為什麼要去幫那個偏執金閃閃輔政，可是她信仰非常虔誠，是個好孩子喔！所以名字和她結尾同音的哈露莉一定沒問題的……妳說是吧？」

哈露莉彷彿在最後的「妳說是吧？」底下，聽見了「妳不會辜負我的期待吧？」這句幻聽。

事實上，伊絲塔絲毫沒有這樣的念頭吧。

她是真的單純認為「自己憑感覺選的人不會錯」。

因此，自己將在辜負她的那一刻起與她為敵。

——……話說回來……

聖杯戰爭參戰者的她，心裡穿插著種種回憶。

對上巴茲迪洛．柯狄里翁時，與召喚狂戰士而生命垂危等情景。

其中她印象最深的，不是自己的血色，也不是肉品加工廠火焰的顏色。

而是任何狀況下都能貫徹自我，始終光華四射的伊絲塔。

——都到了這一步，我也該有所覺悟了。

——哪怕要成為全人類的敵人，我……

——如果這是顛覆全世界的代價……我的性命算得了什麼……

猶疑之中，哈露莉仍以交織感謝與敬畏的複雜心情，對有救命之恩的神靈回答：

「……感謝女神厚望。我的命是女神救回來的，您對我有何安排，我都樂意接受。」

「咦？可以嗎？」

「咦？」

「『真的可以』隨我處置嗎？」

伊絲塔訝異的反應讓哈露莉又是一陣困惑。

見狀，伊絲塔稍微降低音調說道：

「……我之前不是給過妳一個忠告嗎？」

「！」

「想自我犧牲是無所謂，但既然都是死，不如開心一點。」

伊絲塔說完便抓住哈露莉的肩膀。

「————」

——我忘了她的忠告。

──搞不好會被殺掉。會當場被她揉成一團嗎？

在哈露莉如此恐懼時──

美之女神拉近害怕的她，擁抱她顫抖的身體。

伊絲塔的手臂是那麼輕柔且溫暖，連哈露莉的心也一起包住了。

飽含神性的濃密魔力覆蓋哈露莉──而不是之前那種彷彿以壓倒性濃度侵蝕其存在的魔力。

有如回到幼時，被如今已過世的母親抱在懷裡。在這般奇妙的安詳中，伊絲塔的魔力逐漸沁入哈露莉全身。

「咦……？」

給她有東西流入自己的魔術迴路，塗抹成其他顏色的感覺。

而哈露莉一點也不反感，反而有種自己的存在有生以來第一次被某種宏大之物，甚至世界本身重視的錯覺。回過神來，她已經淚流滿面。

「啊……啊啊……我……我……」

哈露莉哭到幾乎不敢相信自己的淚水有那麼多。在明白世界的真理，與自己誕生意義般的感動中，她忘我地沉浸在伊絲塔的懷抱和魔力裡。

而伊絲塔則對不再有其他動作與情緒的哈露莉，若無其事地以平靜語氣說道：

「那個忠告，和妳要拿自己對我獻祭時一樣。如果妳是怕到自暴自棄，踐踏自己的價值，我

才不要那種索然無味的生命。」

「伊……伊絲塔……女神……」

「妳現在還會怕我嗎？」

——還以為，自己已經不怕了……

哈露莉想起在工業區對上巴茲迪洛時拋棄生命那一刻。

而足以嘲笑那般覺悟的絕大力量，正擁抱著她。

——我居然……這麼……弱小……

「……是……是的。」

哈露莉覺得自己是怕得不禁說出實話，但在這一刻起，並非恐懼的情緒逐漸填滿她的內心。

「我還是……會怕。假如逃得掉，我甚至想……立刻……拔腿就跑。」

呼吸抽搐的她連話也說不順，而伊絲塔卻以微笑安撫她，在耳畔細語。

「怕是好事，那證明妳害怕失去，是妳還想活下去的最佳證據。若我想殺妳，我的確不會有半點猶豫，可是……無論別人怎麼否定，我都祝福妳這一生。」

「……您……祝福我……？」

「妳站在這裡是為了什麼？走這麼長的路，不是為了怕我吧？」

「我……」

不斷入侵的神性魔力，甚至給她腦袋融化的錯覺。

某種她不願面對的感情，也像被那神光推擠出來般，從內心深處汩汩而出。

同時，記憶也在她心裡滿溢出來。

那是父母被魔術師們殺害時的記憶。

殘虐破壞與哀嚎，將過往幸福全部打碎的情境。

「啊啊……啊啊啊啊啊啊啊……」

從腦袋流出的記憶，浮現出自我的存在。

「我、我只是……想報仇而已……」

「很好，那就是滋養妳的基土。不是我的恩賜，是妳自己的東西。」

「我才不管世界會變成怎樣……有沒有神祕也不重要……！我只是、只是，想讓他們嚐嚐同樣的滋味而已！讓他們知道失去的事物再也回不來了這種理所當然的事！就像我的家人回不來了一樣……讓他們好好體會神祕這種東西消失以後……再也回不來的感覺……」

哈露莉自白的同時，感覺到自己的情緒正迅速「失溫」。

因為在如此力量的洪流、如此神力面前，她覺得感情用事的自己實在極為低賤。

她從未如此鄙視自己這段奉獻給復仇的人生。

但伊絲塔的魔力流入那瞬間——她感到自己過去的世界不過是個小水缸，如今飛過了窗外的房屋、飛過大海，甚至看見了浩瀚星辰，並深陷其中。

「我想我……我……我真的……做不到。」

第二次謙虛等於找死。

哈露莉仍記得這點。但這不是謙虛，是發自內心的評斷。

——對，沒錯。眼前這女神是真的看走眼了。

——一定是她自己的光輝太耀眼，才會看不清我的面貌。

「您……即是……光輝。」

聲帶抽搐的她斷斷續續地低語：

「像我……這樣……渺小……渺小的人類……哪有資格……服侍您！」

哈露莉最後宛如怨恨自己般大喊出聲，而伊絲塔像原諒她似的，以平穩卻有力的聲音洗淨她的情緒。

「我向妳保證，妳並不渺小。」

伊絲塔這時閉上雙眼，瞬時回顧自己的過去，將那激情封在眼皮下，並說道：

「復仇……為討回受創的尊嚴而行破壞之事，對於擁有心志的人來說，天經地義。」

這句話彷彿也是說給自己聽——但暴露在龐大神氣之下的哈露莉沒有發覺。

「伊絲塔……女神……」

「儘管掙扎吧。無論結果如何，我都會替你們人類見證到最後。不管那末路是美麗的滅亡，還是醜陋的掙扎，我都會注視下去。」

女神的玉指抹下哈露莉的眼淚，再滑過臉龐，向她宣告：

「我准妳享受人生、慶賀歡愉、愛這個世界。用妳的手去打磨那些喜悅和痛苦……『賦予它們萬般價值再全部獻給我』，知道嗎？」

以母親安撫孩子般的聲音，說出母親絕不會對孩子說的話之後，伊絲塔輕輕推開哈露莉。

儘管如此，哈露莉仍不停哭泣。

甚至當場跪倒，縮成一團淚流不止。

伊絲塔既不哄也不怨，只是默默地守望著。

「妳就盡力掙扎再掙扎，在這世上舞動妳的肢體。就算跳得再醜，只要妳沒有拋棄人性，我或多或少都能笑著看下去。」

就像個看著孩子成長的母親。

「我不能教妳怎麼跳……但至少能送妳舞衣和舞鞋。」

抑或是——望著金麥茁壯成長的莊稼人。

「當作讓妳踩扁阻礙的加護，好嗎？」

她們之間並未發生什麼「特別的事」。

沒有再度拯救哈露莉的性命，也沒有日前在工業區助戰那樣的時段。然而——伊絲塔的話語仍成了祝福，或是詛咒，大幅改變了哈露莉的心境。

伊絲塔只是以魔力包裹她，對她說話而已。

僅僅如此，不到幾分鐘時間，就改變了一名魔術師的人生觀。

這樣的事實，可說是她藉由建造神殿而逐漸取回神格的鐵證。

不過，那說不定只是英靈吉爾伽美什的魔力，流入了菲莉雅這小聖杯載體所造成的影響。

十餘分鐘後。

「慌亂成那樣，實在非常抱歉。」

哈露莉終於平復情緒，伊絲塔重新交代：

「反正這個加護，我本來就打算現在……神殿完成的時候給妳……接下來呢，妳只要做好祭司長的工作就行了。」

「好的。請問祭司長實際上該做些什麼呢？」

「這個嘛……以前是管理供品，現在……基本上是在我出去辦事時留守神殿吧。反正還要蓋神塔才行……現代的建築技術似乎在往上蓋這方面還挺厲害的嘛？再加上我的加護，一定要蓋出超過兩公里的雄偉尖塔！等不及了呢！」

前句話才像個天真的青少年，突然，下句話卻壓低了音調。

「啊啊，可是在那之前……」

「？」

伊絲塔忽而往神殿入口望去。

哈露莉也不解地跟著看過去，但在她眼裡一個人也沒有。

伊絲塔則是將注意力放在入口外——森林深處，並對「分得其神力的女祭司」說道：

「我們的神殿剛蓋好就有人來『朝聖』了呢……妳先去招待他吧？」

×　　　×

神殿外

「怎麼有……這種東西？」

捷斯塔・卡托雷驚愕不已。

和在警察局裡一樣，化為美形青年的他呆立在森林裡。

在聖杯戰爭前的勘查過程中，這裡無疑是平凡的森林。

如今卻有截然不同的景觀座落於此。

出現在平地森林中的，是儼如小山的巨大建築物。

前方有綴以青金岩的琉璃色巨門，其後是一長條石階，通往石基上的神殿。

石階頂端是形似美索不達米亞古代遺跡的建築，石階起點左右兩側的金銀雕像，是以在美國有招攬財運與氣質之稱的科科佩利人偶為形象所製成。

這還沒什麼，誇張的是放在更外側的雕像。

那些如守護神像般設置的雕像，造型全像是從東洋童話等故事中蹦出來的怪物，光看就令人心生不安。

「難道我還在他們製造的幻覺裡嗎……？」

捷斯塔躲在大樹後頭，窺探神殿狀況。

那景象怎麼看都像惡作劇，卻又給人無疑是現實的感覺。

因為他明白充斥神殿內外的無邊神氣，即使是普列拉提他們的幻術也無法輕易假造。

「為什麼這種地方會有這麼突兀……而且強度這麼突出的神殿……？」

雖然捷斯塔在聖杯戰爭第一天，見到弓兵與槍兵在沙漠的激鬥而大肆盛讚，他也不想把美麗的刺客放進那樣的惡作劇裡。

若只看設計風格與陳設，還能當成「正在辦東方主題展覽的美術館」。可是對身為吸血種的他而言，神殿所滿載的純正神氣簡直是駭人的惡作劇。

——這股神氣……繰丘椿在醫院前吞掉所有人之前也出現過呢。

看來普列拉堤他們說得沒錯，真的有外來的神靈或相近的某物混進來了。

——啊啊，這不是英靈能辦到的事。

——聖杯戰爭的基盤，不可能喚來這麼濃烈的神祕……

——那麼，這應該是外來的「局外人」幹的。

——……和我一樣。

但儘管同樣不是人類，捷斯塔很清楚充斥於眼前神殿的神氣，階級遠比他否定人理的魔性還要高出許多。

——這種東西，不是「祖」級出馬根本沒轍啊！

若是完全狀態下的自己，或許還能達成某種程度的騷擾。

但現在的他，身體基盤傷痕累累，還被自己族系源頭的「祖」給捨棄了。

從施虐的一方，淪為逃竄的一方。

從操控他人的一方，變成被操控的一方，這使得捷斯塔忍不住苦笑。

——呵呵，為解悶而想要個聖杯來玩的我，居然被嚇成這副德性。

——如果這個疑似神靈的東西也是被儀式引來的，我該好好反省了。

——以為這不過是人類的儀式，太小看它了。

捷斯塔難得佩服起人類。

接下來凡事都得再三慎重，隱蔽到極限，窺伺汙染神殿的機會。這麼想時——

「……狂想閃影（Zabaniyah）。」

聲音。

綺麗的聲音。

親愛的聲音。

芬芳的聲音，瞬時喚醒了捷斯塔沉入泥濘的精神。

「喔喔！」

他樂得高呼，當場扭身跳開。

化為黑刃的無數髮絲穿過他四肢之間。

扭動的濕髮之刃要纏住捷斯塔將他撕碎，而捷斯塔卻以無視物理法則的動作全數閃躲，飛入空中。

「太棒了！太美了！無懈可擊！妳果然是能用煽情的清純渲染整個世界的人啊！看那別致又高雅的動作！沒錯，Cute！實在實在是太Cute了！」

捷斯塔激動得彷彿潛伏二字已經從記憶中消失，跳到神殿的琉璃色大門前高喊。對象不是刺客也不是自己，而是整個世界。

「就是妳！就是妳沒錯！非妳莫屬！是妳告訴我存在的喜悅！是妳給了我一切！把深埋在絕望底下的我拉出來的不是別人，就是妳！」

「……」

頭髮的主人——無名刺客連續擊出髮刃，用行動表示那些話全都不值一聽。

而捷斯塔以毫釐之差躲過所有攻擊，甚至引吭高歌。

「美麗的狂信者啊！妳竟然追我追到這麼危險……對妳來說充滿異端神力的地方來！」

並且狂喜得大叫，跳到附近的大樹上。

樹在他的觸摸下瞬時變質——啪嘰啪嘰地扭曲，化作帶枝葉的巨大木質觸手襲向刺客。

「……唔！」

應該已弱化許多的吸血種怎麼還會有如此力量？

刺客對此十分不解，但就算捷斯塔回答「這就是愛的力量」她也不會懂吧。

事實上，捷斯塔的行動已經踰越了世界的法則，可說是正一點一點地削減自己的存在，強行發動力量。

無名刺客當場施展寶具，以無數髮刃砍碎木質觸手。

這當中捷斯塔仍不斷往其他樹伸手，製造新觸手攻擊刺客，不過——

「肅靜。」

突然間，遠處傳來一道凜然的聲音，刺客和捷斯塔都暫停了動作。

兩人往聲音望去，見到神殿石階頂端——通往殿內的入口前，有一名女性。

外表年輕得稱作少女也不為過，身上穿得是與神殿格格不入的洋裝。若在古代神殿遺跡，只會當她是觀光客吧。

但她的聲音卻蘊含著幾分神氣，穿過周圍強風，沁透四面八方。

「這森林是無上尊者……伊絲塔女神的庭院，不許你們放肆。」

×　×

史諾菲爾德中央教堂

「土地的氣息有明顯的變化呢……」

聖堂教會的代理人漢薩．賽凡提斯，在教堂深處的房間裡看著電視低語。

他昨天就感到西方土地正在變質。原先只是迴路在重組的感覺，前不久則開始給人通電了的印象。

人在教堂的漢薩無從得知，那正是伊絲塔任命哈露莉為「祭司長」所致。

現在漢薩不僅透過修女們，還從城市內外的教會相關管道蒐集各方情報。

一從夢境世界回到現實，他就立刻動身搜尋捷斯塔．卡托雷。隨後聽說費拉特中彈身亡，還從目擊者得知屍體居然爬了起來，將狙擊手全部殺光。

「費拉特．厄斯克德司……在魔術師裡算是相當善良呢……從被祖盯上來看，事情果然不簡單嗎？」

漢薩對自己認識這個不像魔術師的青年不過一天，就已經頗為中意他而感到意外。他邊這麼思考邊靜靜地劃十字。

心想假如他復活成了死徒，好歹要親手淨化他的靈魂。

「可是……現在狀況實在太差，就算敗戰的主人來尋求庇護，我也無法提供足夠的保護。」

教堂的禮拜堂屋頂因日前弓兵與劍兵的戰鬥嚴重崩塌，周圍綁上了層層禁止進入的封鎖線，現場都還沒清理過。

原先管理這教堂的神父，在聖堂教會的安排下去見人在拉斯維加斯的導師了，回來以後肯定會嚇壞。

「前提是還有地方讓他回來就是了。」

漢薩．賽凡堤斯已經接到來自聖堂教會的密報，得知這座城市可能將要毀滅。

既然聖堂教會能夠處理死徒消滅一座城市的後續問題，這場聖杯戰爭的黑幕一次處理掉八十萬人也是十分有可能的事。

在美國表面上的高層裡，也有聖堂教會的幫手。

因此聖堂教會認為，既然那邊沒有明確的消息傳來，表示檯面下的那些人打算自己強硬處理這件事。

漢薩視線彼端的電視畫面，正反覆播放著白宮旁河水炸上天的影像，以及北極冰帽缺了一整個圓形缺口的衛星畫面。也難怪黑幕想直接消滅這座城市。

「……在那之前，恐怕會先被那個颱風整個掀掉呢。」

連魔術師素養較為薄弱的漢薩，都能感覺到自西方逼近的強烈氣息。

據說城市裡的魔術師們即使對颱風的真面目一無所知，也因為感受到那是「挾帶不尋常魔力的魔術風暴」而陷入恐慌。

雷雲或低氣壓就算了，若有魔術能任意操作那種規模的巨型強颱，那已是近乎魔法的領域。

根據第八密蹟會的情報部門透露，冬木的聖杯戰爭其實也不單純，並不是因為英靈之間的對決而結束。

戰鬥機遭擊墜，河裡出現巨大魔獸等，讓聖堂教會上下忙成一團。再加上飯店倒塌與緊隨而來的大火，倒不如來場巨型強颱把一切都破壞掉，處理起來還比較省事。

建議暫時離開，等事情結束後再回來收拾殘局。

漢薩接到了這樣的通知，但刻意裝作沒看見。

——能像師父活得那麼樸素就好了……

——可惜狄洛閣下的影響沒那麼容易淡去。

漢薩看作父母的人共有三個，分別是在山上養大他的母親、帶他下山的狄洛主教，以及將他鍛鍊為代理人的德米奧。

離開環境十分特異的深山後，漢薩認識了一般社會的道德觀。即使經過代理人訓練，那道德觀仍以某種奇特的方式留存下來。

因此，即使在這種狀況下，他依然願意留在這座城市以及這教堂裡。

由於還有修女們要顧，他已做好了隨時可以撤離的準備。不過他認為自己必須聆聽尋求庇護者的聲音，好歹要留到最後一刻。

抑或是失去了與他積極交流的費拉特，稍微影響了他的心態也說不定。

漢薩喝了口灑了鬼椒粉的咖啡，想拭去如此天真的感傷，並思考如何處理西方森林時——

「漢薩，你有客人。我請他在外面等了。」

四名修女之一回房向他報告。

「唔！主人嗎？」

——最有可能的是劍兵的主人吧。

——她魔力量很異常，但不像是魔術師的樣子……

即使劍兵仍未出局，也可能看情況不妙而尋求庇護。

漢薩如此預測後——

修女說出了令他極為意外的話：

「嗯，說是『騎兵的主人』。」

「什麼？」

——騎兵……騎兵職階的英靈嗎？

——不可能是繰丘椿。

——這麼說來……除了蒼白騎士外……還有其他騎兵？

事實上，漢薩只是監督官，並非主人，連蒼白騎士是否真是騎兵都不得而知。

疑惑當中，修女淡淡地把話說完。

那句話讓漢薩心想：「怎麼現在才來？」更摸不著頭腦了。

「他要向監督官『表示加入聖杯戰爭』……」

×　　×

史諾菲爾德西部　伊絲塔神殿前

「這塊土地，經過燦爛的伊絲塔女神祝福，如今已是新伊絲塔神殿之所在。無論是異教徒還是異形，伊絲塔女神都一視同仁。兩位若是來朝聖，請安靜排隊等候。」

對於這名話說得像美術館或古跡導遊的女性，無名刺客和捷斯塔各有猶疑。

但也只是一瞬之間。

一察覺女性的氣息不如普列拉提所說的「神靈」那般濃烈，捷斯塔立刻撲了過去。

不知是打算用她的血肉療傷，或是拿她作人質嚇阻刺客，還是有其他完全不同的用意。

然而可以確定的是，無論他想做什麼，他都失敗了。

出現在女性背後的無數藍色彈丸，射穿了捷斯塔的身體。

「唔……！」

即使變虛弱，捷斯塔也認為自己能夠彈開大多三腳貓魔術。而超乎想像的衝擊，讓他錯愕得抓下一顆藍色彈丸。

「……！」

隨後一陣劇痛竄過右手，一根指頭融斷落地。

這攻擊居然能對他這死徒造成明確的痛楚，還有肉體上的損傷。

——不對。

他立刻分析自身變化，理解了那攻擊不是單純的破壞。

——是非常強勁的催眠毒！

——疼痛其實是我靈魂的排斥現象嗎！

指頭融斷，恐怕是肉體下意識排斥直接作用於靈魂的催眠而造成的反應。

捷斯塔咬起牙，審視企圖侵蝕他的物體。

其真面目是——蜜蜂。

不是一般的蜜蜂。

每一隻的外骨骼都染成藍色，宛如青金岩刻成的精巧蜂雕。

——魔偶？

——慢著，不對！這是……活生生的蜜蜂？

世上並不是沒有琉璃色的蜜蜂。

例如波琉璃紋花蜂等，有好幾種生來就是一身美麗青藍的蜜蜂。

但這隻蜜蜂不是那樣。

彷彿原本鮮豔的黃黑雙色大型蜜蜂發生進化，全身披上琉璃鎧甲一樣。

——操控這些蜜蜂的魔力性質……有點眼熟……

捷斯塔霎時甩開蜜蜂，遠遠後退並大喊：

「妳！該不會是……歐德．波爾札克的後人吧！」

「！」

原本泰然自若的女性臉上晃過一道漣漪。

「……你知道我祖父嗎？」

「哈！他在我們之間不只是有名的魔術師，還是個有名的『同胞』啊。所以才被人類懸賞，還以為死光了呢。」

「……死徒。」

「別那麼戒備嘛，我又不是你們家的敵人。」

捷斯塔在提防刺客並與眼前女性對峙的同時，瞬時思考多項問題。

——她是歐德的後人。

——但不是我們的同胞。

——左手有令咒。

——這傢伙是主人嗎？

——使役者在哪？

——她繼承了死徒化的蜜蜂嗎？

——這樣就有得利用了。

——但沒有的可能性比較大。

——不。

——只要用我的力量把蜜蜂變成死徒就一樣了！

捷斯塔所知的魔術師「波爾札克」和他一樣是死徒，能操縱使人死徒化的特殊毒蜂。

只要利用毒蜂，在史諾菲爾德建立自己的屍鬼大軍，就能在恢復力量的同時讓刺客的心蒙上陰影。

——原本還必須避免在魔術師到處亂晃的狀況下增加同胞……用蜜蜂就能避開風險——

捷斯塔的頭向後一轉。

黑髮之刃瞬即刺過頭原來的位置。

「哈哈！美麗的刺客，妳吃醋了嗎！放心吧，這不是拈花惹草！是在盤算怎麼更愛妳啊！」

「……」

刺客不發一語持續攻擊，但捷斯塔的話卻讓使役蜜蜂的女性提高戒備。

「刺客……？使役者怎麼會攻擊死徒……？」

「……！」

而這句話也讓刺客發現，石階上的使役蜜蜂的女性與聖杯戰爭有關。

不用說，人在這神殿的她必然是某陣營的相關人士。刺客也大幅提升對這名女性魔術師的警戒度。

——但是以後再說。

——現在先解決這個魔物——

刺客沒有改變目標順序，直逼捷斯塔。

然而——

「……就算妳是使役者也一樣。」

在伊絲塔的魔力侵蝕下，哈露莉的精神也漸漸轉化為祭祀的司掌者。

她原本只把聖杯戰爭看作破壞魔術世界的道具，而如今有了保護伊絲塔神殿這個優先於聖杯的要務——換言之，為伊絲塔效命漸漸成為她現在的目的。

「我的名字是哈露莉，伊絲塔女神親口任命的祭司長……不能繼續放任你們在此張狂。」

若要使伊絲塔的色彩覆蓋整個世界，對多數魔術師而言無非是破壞他們的世界。

這想法似乎有些矛盾，但是靈魂遭到伊絲塔魔力魅惑的哈露莉沒有發覺。

不，即使她絲毫未受魅惑，伊絲塔的救命之恩也多半會讓她說出接下來那句話。

無論死徒和英靈是否在此動武，她本該在踏出神殿時所說的第一句話。

「我以令咒下令。」

剎那間，哈露莉左手的令咒放出光芒。

——要對眼前這個使役者和死徒用掉寶貴的令咒嗎？

——她打算在這裡穩穩解決我或刺客嗎？

捷斯塔這樣的疑念——在聽見接下來的命令後隨即消解。

對於將身心都獻給神殿的主人而言，這是理所當然的用途。

「『你要作這森林與神殿的守護者，保衛它千秋萬世』！」

令咒越發輝耀，從哈露莉左手消去一劃。

剎那間，大地動搖——

一個巨大，甚至大得過分的鋼鐵魔獸從森林中現身了。

並不是「它」的腳步搖撼大地。

是疑似以隱蔽魔術消除氣息的「它」解放魔力的餘波，使整片森林激烈震盪。

極為巨大的體型加上濃密的魔力。

瞬即喚醒了捷斯塔的記憶。

「這不是……那時在醫院前冒出來的傢伙嗎！」

只憑氣息，都讓捷斯塔懷疑「聖杯竟然能叫出這樣的東西」。

而如今，那氣息甚至膨脹到數十倍之多。

『————————————————————————』

叫喊也與醫院前那時很類似。

在捷斯塔聽來完全一樣，但刺客注意到了。

先前的叫喊是彷彿詛咒世間萬物的怨懟，現在卻宛如慶賀某件事的歡呼。

森林裡所有有翼生物都被那叫喊嚇得逃上天空，在強風吹襲下往森林空中投映無數剪影。

「……這是什麼鬼東西？」

捷斯塔身為一名死徒，能理解出現在眼前的「它」，試圖將其否定。

「如果是人造之物，我就能否定它的存在……但它不是。」

透過以皮膚感受到的魔力分析「它」所有成分後，捷斯塔說出一個假設。

「難道打造這兵器的是人……同時也是神……？」

「答錯了。」

否定之詞，從神殿內部響起。

一名女性伴隨人類般的腳步聲，來到哈露莉所在的石階頂端。

「我的諸位同鄉（神祇），並不是把這孩子打造成兵器。」

哈露莉向女性恭敬地下跪伏首。

出現在森林中的巨獸也在這一刻降低姿勢，對女性行臣下之禮般傾倒像是頭部的部位。

「雖然它的誕生不合我的美感，但我一出生就為它賜福，還讓它當我聖地的守護者。得到和以前一樣的職務，居然讓它這麼開心啊？真是太可愛了。」

那美麗的女性對規模與神殿同樣巨大的「它」，投出了地母神的微笑。

身兼魔術師的捷斯塔，一眼就看出她是艾因茲貝倫的人工生命體。

同時，他也明白了另一件事。

宿於其體內的東西——與那巨大的「它」不同種類，但蘊含同等強大的魔力。

「……妳是誰？」

「哎呀，這麼沒腦袋？還不懂啊？」

擁有人工肉體的女性如此回答捷斯塔不自禁的疑問。
捷斯塔聽了一咬牙，又開口說道：
「抱歉，那真的是個蠢問題。那個所謂祭司長的女人都說過這裡是誰的神殿了。」
而即使捷斯塔完全停在原地，刺客也無法繼續追擊。
現在不許輕舉妄動。
不許忽視她做任何事。
彷彿整個世界如此下令的壓迫感，執掌著周遭的氛圍。
能夠違逆這氛圍，面帶諷笑的，只有否定人理之身，在感受女神神氣前先對刺客死心塌地的捷斯塔。

×　×

「妳居然真的在這裡蓋出神殿啦……女神伊絲塔。」

「……現身了啊。」

法迪烏斯透過擁有長程遠視能力的使魔，確認艾因茲貝倫的人工生命體——小聖杯的身影，面無表情地道出指示。

「雖然多半是白費力氣，我們還是盡力而為吧。」

往無線耳機伸手的他自嘲地笑了。

「用反器材步槍對付有水銀禮裝的魔術師。能把意識轉移到無數蟲群上續命的魔術師，等飛彈來殺就行了……」

「我們的人理殺不了英靈……附在人工生命體上的神靈就不曉得了。」

×　　×

史諾菲爾德西部　森林地帶

「……現代人還真愛白費力氣呢。」

立於神殿的伊絲塔不敢恭維地嘆息道。

不明其意的哈露莉和捷斯塔等人，很快就得到了答案。

這場聖杯戰爭的發起人，不只是在史諾菲爾德作準備。

他們也在周邊地區暗中建造了各式設備。

以史諾菲爾德為中心約一百五十公里處，就有為保護城市——或破壞其局部而造的設備。

位於西方與北方的發射器在法迪烏斯的命令下啟動，射出於彈頭搭載數百枚子炸彈的飛彈。

數十枚飛彈就此從西方與北方射向史諾菲爾德西部森林。

普通人看不見這些附有魔術性隱蔽系統的飛彈。

在空中開啟的彈頭往標的處灑下無數子炸彈，每一顆彈頭都能撕裂鋼鐵由內引爆——本該如此的。

但是，伊絲塔已經察覺朝她飛來的大群殺意，做了一件事——

她往天高舉右手，嫣然一笑。

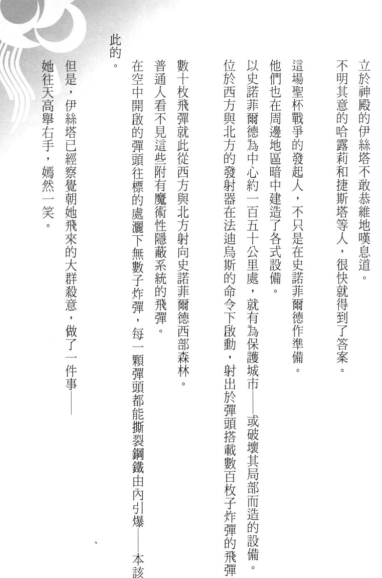

這樣就夠了。

自彈頭分離的千百枚子炸彈瞬時失能，雨點般墜落地面。

甚至有些彈頭還來不及開啟就落入森林，最奇怪的是，連這樣的飛彈都沒有因為撞擊而爆炸。整座森林裡，連一點火光也沒有。

「怎麼會……」

捷斯塔和不明就裡的哈露莉與刺客不同，嘴角抽搐，用最簡明的方式說出整個現象的始末：

「那又不是人或野獸……現代兵器可是連人格靈基都沒有啊。」

他撿起一枚掉在身邊的子炸彈，確認它所有機能——連火藥會爆炸的法則都喪失了，他不禁渾身打顫。

「就連每一顆炸藥的碎片……『都被她徹底魅惑了嗎』？」

捷斯塔原以為能做到這地步的，只有遠高於他的「祖」級死徒。

不過，能輕易達成的這名女神，已經不只是「遺留到現代的殘渣或殘響」了。

簡直是新一代的神。

即使人格與木尊有異，僅憑力量這單純的角度來看，無疑是女神的擬神格降臨世間，且愈臻完整。

——真的會有這種事嗎？

連否定人理的捷斯塔都不敢置信。

她在行使力量上，應該有其極限才對。

不然扭曲累積到最後，「恐怕會否定這整個世界」。

——但是……

——對這個神（怪物）來說，否定了也無關痛癢吧。

這當中——人類似乎還想試探神祇，第二、第三波長程飛彈射來了。

但神甚至不准它們進入森林上空。

儘管飛彈沒爆炸，哈露莉的使役者和——來自西方的「颱風」，都從伊絲塔的行動看出那是針對女神的攻擊行為。

鋼鐵巨獸的光輪，朝來自北方的飛行物體群放射光華。

轉瞬之後，仍在北方五十公里之遙的飛行物體群全部凌空爆炸，消失無蹤。

「很高興妳還是學得一樣快。」

伊絲塔見狀聳肩微笑。

「這次要盡好職責直到最後喔，胡姆巴巴。」

鋼鐵魔獸背上的光輪彷彿在回應般發出七色光芒，像在表示喜悅。

來自西方的飛彈，有更加異常的下場。

來到史諾菲爾德邊際的巨型強颱徐徐蠢動──整群飛行物體突然失去控制，重定了目標般衝進雲裡消失不見。

這不是比喻。

純粹是字面上的消失。

飛彈一衝進厚重雲堆，便有如掉進開在空中的大洞，消失得無影無蹤。

好比被某種巨物給「一口吞」了。

「都說不要亂吃東西了……那好吃嗎？」

伊絲塔望向西方，對巨大雲堆問道。

「古伽蘭那這孩子還是一樣頑皮呢。」

颱風的雲渦之間電閃雷鳴，像在回答她。

狂風呼嘯替代嚎叫，宣告它會使忤逆女神的一切從地表上消失。

颱風直指正東——立於史諾菲爾德市郊的伊絲塔背後，逼近至史諾菲爾德城外數十公里處。

那非比尋常的颱風捲起的巨大積雨雲化作暴風的城牆，聳立於地面上。

而伊絲塔則以那空中尼加拉瀑布般的景象為背景，堂堂地注視著那城市。

她對刺客和捷斯塔都不感興趣，目光像在對城市中心——水晶之丘最頂層，身纏金色鎖鏈，有頭萌蔥色長髮的英靈下戰書一般。

望著同一方向的鋼鐵巨獸也忍不住情緒高亢，高舉雙臂呼號。

彷彿要對世界發洩怒火。

又像在對某人求救。

×　　×

柯茲曼特殊矯正中心

「物理攻擊……也沒用啊。」

確認作戰結果後，法迪烏斯不出所料地聳肩。

「萬一明天的『極光隕落』也摧毀不了神殿……就要動用『深淵的繁榮』了，必須盡快做好準備呢。」

「……要是這樣也摧毀不了神殿，該怎麼辦？」

愛德菈面無表情地發問，法迪烏斯苦笑著回答：

「放心，不會有什麼問題。」

「到時候……不過又是一個世界結束了而已。」

×　　　×

同一時刻　沙漠地帶

原本沙漠地帶是寂靜的天下，現在被嘈雜的汽車引擎聲暫時攪亂。

幾輛印有瓦斯公司商標的卡車來到這裡，準備回收普列拉提的飛行船工房。

法蘭索瓦看著卡車問道：

「為什麼選瓦斯公司？」

「因為飛行船名義上是瓦斯公司的廣告飛行船。原本打算一直以隱蔽幻術，和天空同化，但萬一墜毀了，這樣比較好收拾。」

法蘭契絲卡在荒地上插把海灘傘，躺在泳池邊常見的躺椅上邊喝著飄浮可樂邊回答。

這裡風勢也變得很強，飛沙走石使回收工作延宕不少，只有法蘭契絲卡兩人身邊沒有風沙。

見到主人在這種無謂魔術上虛擲資源，使役者少年埋怨道：「這麼習慣現代文明，太不公平了吧？」然後忽然正經地詢問：

「老實說，法蘭契絲卡，妳打算怎麼做？」

聽見自身過去化為的英靈這麼問，身為這場聖杯戰爭黑幕之一的少女，雙眼有如深信某件事會實現般閃閃發亮，對天空揚起右手回答：

「果然啊，聖杯戰爭還是要英靈對戰才對味。那種老掉牙的外人跑來攪什麼局嘛。」

「我們有立場這樣說嗎？」

「正因為是我們才能這樣說喔。」

法蘭契絲卡吃吃笑了笑並猛然起身，目光更加燦爛了。

「但話說回來，在開始廝殺以前合作個一次……說不定會是不錯的調味料喔！」

「我看不對吧。」

「哎呀呀，不同意啊？你不就是我嗎？」

少年苦笑著回答歪頭的法蘭契絲卡：

「基本上是同意啦，可是『開始廝殺以前』這部分不對吧？」

「嗯嗯，什麼意思？」

法蘭契絲卡好奇地詢問。

法蘭索瓦瞇起眼，不以活到現代的法蘭契絲卡身分，而是從和吉爾·德·萊斯一起處刑而結束一生的鍊金術師角度說道：

「不是在開始廝殺以前，是在當中啦。」

「……啊，這樣啊。」

「聯手對付那個外人以前，還要互相背刺。這樣才算快樂的大混戰吧？」

「為了這點……最好是每個人都來參加這場混戰呢！」

× ×

肉品加工廠

「要走了嗎？」

阿爾喀德斯對巴茲迪洛回答：

「當然。」

這復仇者如今情緒平淡，靈基與兩天前判若兩人。

因為他吞下大半用超過兩萬條人命養出的魔力結晶。

英雄披上大量魔力與生命凝縮而成的「汙泥」，為該做的事拿起了弓。

「若她依然是詛咒的殘響，吾還不必親手狩獵她……」

「既然她要踏上神位，即為吾之獵物。」

×　　×

新伊絲塔神殿附近

「暗影」已經潛入森林。

在這裡待了多久，是否在主人下令之前就已經融入城市中每一道陰影等問題，他自己也無法回答。

他不斷專注於將自己融入黑暗之中，連重新降世的女神也沒有察覺到他。

即使土地隨著世界的震盪逐漸變質，影子也毫無改變，只是持續待在那裡。

但是——有那麼一下子。

「暗影」表現出與世界不同的震盪。

那發生於嬌小人影出現在吸血種男子背後，使用「暗影」也知曉的各種絕技時。

然而震盪瞬即消失，彷彿不過是些微誤差，不再有任何反應。「暗影」只是繼續待在那裡。

他接下來想做什麼？

對那少女刺客又作何想法？

所有問題都沒入黑暗，逐漸消失在世界的最深處。

唯一能確定的，是「暗影」依然待在那裡。

×　　×

提亞・厄斯克德司停佇在高空之中。

高高在上地睥睨地面，但不是俯瞰。

無論是意識上還是姿勢上都不是。

他是在比平流層更高的位置頭下腳上，默默仰望著史諾菲爾德地區。

「……」

在他的視野中，史諾菲爾德的土地正逐漸被塗改成其他顏色。

如今掩藏在特殊颱風底下的那塊土地，包含颱風在內，正逐漸變成舉世無雙的神祕聚集地。

「世界要改變了嗎……」

這場以史諾菲爾德之土地為起點的變化，最後會是對這世界的否定，還是肯定呢？

該等到能夠確定，還是在現階段就動用一切手段來阻止呢？

「反正與我無關。」

不禁這麼說之後，提亞默默咬牙。

因為他發現，說這種定心般的話語，即表示心中有所迷惘。

「……如果是『我』……會怎麼做？」

提亞周圍，有一圈圈的小「星體」繞著他轉。

與兩天前重創北極的是同一種星體。

但是，那些星體不含任何術式，純粹是換了個型態的太空垃圾團存在著而已。

就只是存在著。

若只是想達成這目的，在這裡等待就行了吧。

然而，這真的是最佳解嗎？

之前與強大英靈的對戰，因化為巨大颱風的野獸作梗而不得不重新來過。

這場戰鬥使提亞正確了解自己的力量，為了得出達成存在目的的最佳解，目前只是注視著立於世界變質關頭上的土地——史諾菲爾德。

不過他一時也不知該如何行動，只好回想過去與他同在的人，在周圍不停製造垃圾星體。

彷彿自己只是從費拉特・厄斯克德司這概念剝離的碎片（Débris）。

×　　×

夢境中

事情發生在伊絲塔指派祭司長，並將土地實際變成宛如耶比夫山一部分的瞬間。

不過是微弱火光的蒼藍燈火在黑暗中越發光明。

那光明也觸動了椿的反應，使她緩緩醒來。

「……」

少女恍惚的意識不知這是何處，也不知自己是誰，只是跟著火光掃視周圍。

最後，她發現一道格外耀眼的金色光芒。

金光彷彿受到蒼藍燈火的引導，在黑暗中堂皇闊步，最後停在椿的身旁。

椿注視著那道光，說出純粹湧上心頭的問題。

甚至不懂自己為何對不具人形的光這麼問。

「大哥哥，你是誰？」

×　×

這並不是史詩重演。

美索不達米亞地區舉世聞名的最古老故事——

吉爾伽美什史詩中，英雄王與成為其盟友的土偶聯手擊敗森林守護者，拒絕女神求婚，還殺死了天之公牛。

但在史詩中，森林守護者和天之公牛都是個別的戰鬥。

森林守護者、女神和神獸同現一地的事，就連神話也不可能發生。

假聖杯召來了種種因果，乃至於顯現出更甚神話的險峻局面。

於是——史諾菲爾德最繚亂的時刻即將到來。

接續章
「終末的起始」

？？？中

一回神，沙條綾香發現自己站在陌生的景象中。
——咦……？
突然開闊的景象使她一陣困惑，同時也發現自己處在一種曖昧的狀態。
接著，她理解了這是已經體驗過無數次的感覺。
——啊，我知道了……我又夢見劍兵的過去了……
無關自己的意志，視點擅自移動起來。
覺得隨時會醒之餘，她也注意到自己對劍兵的過去——生前的理查一世頗感興趣。
——到底是過著怎樣的生活才會樂觀成那樣啊……
綾香這麼想時，眼前出現一名奇裝異服的男子。
「嗨，理查。」
綾香耳裡響起另一道聲音回答他：
「……你又想來阻止我嗎？」

「不。事過境遷，我放棄了。而且你不是已經開始了嗎？」

對方頭戴一頂裝飾誇張的圓頂硬帽，以及蒸汽龐克風的風鏡與防毒面具。

綾香看著這個在歷史上任何時代都十分突兀的男子，當即想起一位名叫聖日耳曼的人。

他也曾出現在透露劍兵過去的夢境裡，當時是坐在車上，以完全無視時代背景的方式登場，給綾香留下強烈的印象。

而另一件印象深刻的事是——

「請恕我百忙之中前來叨擾……我要再給你下一次那個重要的『小咒語』。別想太多，先聽我說。我這個詐欺師，會在不久之後……你今天的工作結束以後，跟你談談『這次這件事』。我可以先預告，我不打算安慰你，還會重提之前讓你很受不了的事。」

「……」

「那麼……『在他眼中的妳啊』，聽得到我的聲音嗎？我是聖日耳曼喔？」

——唔！

「如果妳是抱著不情願的心態在陪伴這位獅心王，那就別去看後續的夢境。只要閉上眼睛摀住耳朵，等待夢醒時分即可。不過，要是妳決心追隨這位英勇過人的王者，我不會阻止妳去看接下來的畫面。當然，想視而不見也是妳的自由……」

——對了，之前也是這樣。

——這個怪人認知得到我……？

綾香想出聲，但沒有自身肉體的她辦不到。

聖日耳曼對只能旁觀的綾香擺出不遜的笑容，繼續說下去：

「我聖日耳曼有個請求，希望妳能聽進去……妳大可別開眼睛，但不管那是為什麼，最後都希望妳能夠接納他。和他同一個時代的我來做這件事沒意義，必須是『活在不同時代』的妳，而且這一定也能救贖妳的心。話說到這裡，我聖日耳曼告辭了。」

聖日耳曼就此恭敬行禮，便消失不見了。

「他對我下『小咒語』……就表示今天是『那個日子』吧。」

綾香聽見的，應該是她視線的主人——劍兵本人的聲音。

「嗯……應該是吧。我不至於連這種事都不懂。」

可是，那聲音讓綾香覺得不對勁。

——奇怪？

——感覺他的情緒比平常還冷淡……

——甚至有點「嚇人」。

即使在夢裡，綾香也感到手心冒汗。

心裡似乎有其他地方傳來的聲音。

說著不能看。不可以看，不要再深入了。

同時，她也在思考其他事。

——剛才聖日耳曼那些話……

——是對我說的。

綾香在劍兵低垂視線的那一瞬，注意到他身上甲冑沾滿了敵人濺的血。

在戰場上，這是常有的事吧。

但這裡不像戰場。

即使在夢裡，綾香也開始聞到令人作嘔的腥臭。

也許是附近有海，鐵鏽味乘著海風灌滿肺部。

——如果是昨天之前的我，眼睛或許已經閉上了吧。

綾香在思索當中，劍兵也仍在前進。

不好的預感越來越強，本能要綾香閉上眼睛。

——但是，我已經決定了。

劍兵走過築有高牆的建築物，緩步登上階梯。

——我現在是劍兵的主人了。

聽得到鳥鳴聲。

聚集在某處般的大量鳥鳴。

——所以不管發生什麼事，都不能別開眼睛……

登上最後一階後，映入眼中的是——

白與紅。

紅。

紅。　　　　赤紅。

有上百……不，上千人吧。

淹沒大地般倒臥，身穿白衣的人體。

　全都染得好紅好紅好紅。

　　紅色直接滲入地面，堆積並沉澱。

臉。　臉。　臉。

一張張不會再有表情變化的臉，貼附在離身的頭顱上並排著。

斷面靜靜地流出紅色，雙眼注視著這裡——

×　　×

史諾菲爾德東部　沼地宅邸

沙條綾香帶著尖叫醒來。

「怎麼了，綾香！還好嗎？」

劍兵立刻過來關切。

這時綾香才發現自己在據點的床上睡著了。

原本在隔壁房間看書的劍兵擔心地看著驚坐起來的綾香。

「啊……呃……是夢……對喔，我在作夢。」

「妳臉色很差耶？要喝杯水嗎？」

「不用……我沒事，謝謝。」

綾香深吸口氣，嘗試鎮定。

並慢慢環顧四周，確認自己已回到現實。

接著在心裡整理至今發生過的事──夢與現實的差異。

──昨天到天黑都沒出事，可是聯絡不上西格瑪……

——那個少女刺客最後也沒回來……所以我沖個澡就睡了。

綾香隨之想起淋浴的水聲，同時喚醒夢中的海潮聲，血腥味在腦中回閃。

這使她一陣噁心，爬下了床。

並托正歪斜的眼鏡，說聲：「我怎麼又戴著眼鏡睡著了。」責怪自己的疏忽。

「我看妳是很累吧，一躺上床就直接睡著了耶？我不好意思叫醒妳，就讓妳繼續睡了，現在肚子很餓吧？」

「嗯……有點。這段時間有什麼怪事嗎？」

「呃，算吧，妳自己看比較快。應該沒有狙擊手，不過還是離窗口遠一點好……繞到那個位置看。」

「？」

綾香追隨劍兵的視線，往西側窗口望去。

窗外的遠景使綾香一愣，腦袋頓時清醒。

「……那是什麼東西？」

那是廣無邊際的雲牆。

相較於轟轟作響的風聲，那雲牆不可一世地坐鎮於城市的遙遠西方，一副要吞噬整座城市的架勢。

「是颱風，不過，看也知道很不尋常。」

「颱風……會變成那種雲牆嗎？」

「簡直是要吞掉整個國家的龍捲風。如果那是其他英靈幹的好事，恐怕會演變成好比十字軍東征的大戰呢。」

劍兵的話使綾香的背脊忽而一涼。

平常大概會用「說什麼傻話」帶過——可是先前作的夢深深侵蝕了綾香的心。

要視而不見，若無其事地繼續對話並不困難。

可是——這樣和過去忽視小紅帽沒有任何不同，不是嗎？

聖日耳曼在夢裡說的話也頗令人在意，使綾香的不安急速膨脹。

「劍兵，我問你……」

因此，綾香打算問他夢裡的事——

「等等，有人來了。多半是使役者。」

「咦！」

綾香被劍兵突然緊張起來的口吻壓退，立刻轉換心態，和劍兵一起到走廊上，注意宅邸正門的方向。

劍兵讓一名隨從開門——在雙門開啟之後現身的，是個堪稱嬌小的女性。

「竟然直接光明正大地上門來……可是不帶殺氣呢。」

劍兵試探性地這麼說之後，女性表情嚴肅地說道：

「相信閣下即是劍兵。我是以騎兵靈基顯現之人，有要事與兩位商討，不知意下如何？」

女性像個知禮之人。

可是，劍兵僅由皮膚就能感覺到——

這位稱為少女也不為過的年輕女性——她的身上奔騰的霸氣比他所見過的任何一位英靈還要濃烈。

——拜託……她之前都躲在哪裡啊……？

劍兵不是聖杯戰爭的主人，但好歹身經百戰，而寶具提供的一眾隨從也讓他近似主人。因此能對他人的基礎能力有一定程度的認識。

評估結果告訴他——

眼前這位英靈，光是肉體能力就可能輕易勝過他。

——拚速度贏得了她嗎？不……稍有一點破綻，恐怕動都沒動就被幹掉了。

——這個英靈……跟那個「金閃閃」和「另一個弓兵是同一個層級啊」。

對方魔力量與武人氣質的濃烈程度，使劍兵不禁倒抽一口氣。

「沒想到這場戰爭裡還有像妳這麼強大的人。」
劍兵直率地說出感想，騎兵英靈搖頭答道：
「我的靈基本身沒什麼了不起。在打鬥上，我的確自認不落人後。可是單論臂力與魔力的品質，剛召喚出來的我，其實還遠不及我的完全狀態。」
她說話有種充滿從容與威嚴的霸氣，卻又不帶半點傲慢。
——蘊含這麼強大的神祕……該不會是特洛伊戰爭的彭忒西勒亞？
劍兵從知名王者或戰士來猜測她的真名，而對方毫不在意他的視線，坦然回答：
「能夠短短幾天就讓我的基礎能力提升這麼多……是因為我的主人非常優秀吧。」
「喔？那我真想會會這位主人。」
聽劍兵對獲得這位英雄賞識的主人頗感興趣，騎兵面露相惜的微笑答道：
「那真是求之不得。」
「？」
劍兵和走廊另一頭看情況的綾香一起歪了頭。
接著，騎兵以嘹亮的聲音說出她的來由。
「我的主人想和兩位暫時結盟，請務必見面談談。」

×

同一時刻　警察局

×

「局長。」

貝菈外出歸來並向局長搭話。時間只剩一天半，奧蘭德正忙得不可開交。

「什麼事？」

「那個……您有訪客。」

「誰？」

若與聖杯戰爭無關，貝菈應該不會通報。

從貝菈不知所措的表情，局長也感覺到這件事頗為重要，便反問她。

「那名『男性』……自稱是騎兵的主人。」

「騎兵的主人……疑似亞馬遜女王的英靈嗎？」

——怪了，她的主人是男性？

——還以為那個騎兵的主人是朵麗絲・魯珊德拉……

貝菈繼續對疑惑的局長說明訪客的意圖。

這句話，局長說什麼也絕對無法忽視。

「他想和我們暫時聯手對付顯現於西方的『神』……」

×　　×

同一時刻　水晶之丘最頂層

「緹妮小姐……還有槍兵閣下，兩位請冷靜聽我說。」

緹妮的一名部下匆匆跑進房裡，喘著氣說話。

起先，緹妮沒時間聽似的專注於灌輸魔力——

但聽見下一句，她總算忍不住轉動眼睛，而面對西方冥想的恩奇都也有所反應。

「那名來訪的『女性』自稱是騎兵的主人……說是只要告訴您『希波呂忒』就會明白了……

然後……」

「她想和小姐您與槍兵閣下聯手合作。」

×　×

同一時刻　柯茲曼特殊矯正中心

「迪奧蘭德先生。我們接到一份關於主人動向的報告，您可能會想知道。」

「現在？」

法迪烏斯對愛德菈的報告略感意外，問道：

「城市都要毀滅了我還會想知道的報告，應該是非同小可的異常狀況吧？」

「騎兵……希波呂忒的主人身分已經查明了。現在有多名主人正聚集於溪谷地帶。」

「嗯……他們是發現情況不對……不想再躲躲藏藏了嗎？所以這夥魔術師有幾個人？如果是楚茨．文格的人，可能是九人的大集團……」

但也不可能在那麼多人之間頻繁轉移令咒吧。

法迪烏斯對自己的想法一笑置之。

然而，愛德菈的答覆反而怎麼聽都像是玩笑。

「『三十人』。」

「……啥？」

「這集團估計有三十名魔術師……且『身上都有令咒』。」

×　　×

史諾菲爾德北部　溪谷地帶

「是嗎，奧蘭多局長也想聽他們怎麼說？」

溪谷中標高較高的斷崖上。

有個身穿高級西裝的青年，在這不適合作生意的地方，使用佩利戈爾牌的最新型手機通話。

「監督官恰好蒞臨我這，我會連你的份一起問候的。」

語氣恭敬的青年，以優美動作將手機收進懷中。

飛舞於其身旁，與周圍景物格格不入的蝴蝶，在通話結束的同時融入空氣般消失。

而且這段時間青年的手機都是顯示「無訊號」，但沒人在乎。

「監督官閣下，抱歉久等。還是說，有需要稱呼您為漢薩神父嗎？」

那俊美的青年面帶頗具傲氣的笑容，以貴族般的舉止說話。

但是，與之相對的神父袍監督官——漢薩心裡明白——

他不是裝成貴族，而是貨真價實，無庸置疑的貴族。

「愛怎麼稱呼都行。像你這樣的一流魔術師，根本不會把區區一個代理人的長相和名字放在心上，沒多久就會忘了吧。」

「我不否認。不過，判斷您是凡夫俗子還是值得記住的人傑，不是你該做的事，而是我或是我的『老師』。」

漢薩對話中有話的青年聳聳肩，以難以置信的眼神環顧四周。

「那麼，我現在好歹是這場……聖杯戰爭的監督官……也對，找我來確實是應該的。」

臨時被找來溪谷地帶的漢薩眼前——是總計多達三十人的年輕男女集團。

「那座半毀的教堂，實在容不下這麼多人呢。」

語帶揶揄的漢薩重新檢視眼前的集團。

從高逾兩公尺的魁梧眼鏡青年，到戴眼罩的粉紅歌德蘿莉裝女孩，可說是什麼人都有。

但真正獨特的不是他們的外表——而是頭銜。

他們都是魔術世界的知名人物，連聖堂教會的漢薩都聽過他們的大名。

「話說……你們右手上的令咒，『都是真的嗎』？」

「沒錯。三劃已經用掉了一劃，其餘兩劃裡，又有一劃用我的魔術分散，刻蝕到大家的魔術迴路裡。這魔術原本是前任艾梅洛閣下與其未婚妻所行的祕術，現在是經過當代……鐘塔赫赫有名的偉大君主艾梅洛二世解析前人技術才得以重現，功績必須全歸他所有。我不過是應用了老師的理論而已。」

最先與漢薩對話的恭敬青年，是蝶魔術的繼承人，自肯尼斯・艾梅洛・亞奇伯以來的最年輕色位天才——偉納・西查穆德。

「偉納，不要用那麼快的速度對第一次見面的人誇耀教授，會造成反效果喔。」

眼鏡大漢是以使用車輪魔術聞名的奧格・拉姆。他的親戚琴・拉姆和他都是魔術世界特別知名的奇書蒐藏家（Bibliomania）。

「問題不在這吧，我很怕老師發現耶。」

「發現了也不會怎樣吧。萊涅絲說會用她法政科的門路，限制老師外出。」

樂蒂雅・潘特爾與娜吉克・潘特爾姊妹，能巧妙運用雙胞胎獨有的特殊魔術。

「是啊……不然教授知道以後，就算用爬的也會爬過來吧。」

費茲格勒姆．沃爾．森貝倫，不僅是魔術協會一級講師之子，自己也年紀輕輕就站上教壇。

「要是老師聽說費拉特不見了，他說不定會跟美國宣戰……我呢，其實滿想看看的……嗯。呵呵……」

羅蘭．派金斯基，手中有數萬條使魔蛇潛藏於世，據說會利用牠們把老師的敵人追到天涯海角處理掉。

「……他不知是哪一邊留下的味道『只散掉一半』。在告訴老師以前，我一定會把那個笨蛋找出來。」

史賓．格拉修葉特，能以獸魔術獲得超越一切種類的肉體能力，甚至能與幻想種交手。

「可是為什麼只有我沒有令咒啊！會不會太過分！反對令咒歧視！」

伊薇特．L．雷曼，魔眼名家後裔，能將寶石直接打磨成新魔眼。

「這是因為……伊薇特妳說不定會一時興起就背叛嘛……」

卡雷斯．佛爾韋奇，走在魔術與科學之道融合最尖端的電氣魔術使用者。

「只要有人背叛，干涉我們魔術迴路的偉納就會被反噬而死，這也是沒辦法的事呢。」

瑪麗．利爾．法果，能藉魔術虛擬星海，據說連地球內側的事也有高度理解。

其他人，大半也都是魔術世界的知名人士。

三十名著名魔術師齊聚一堂的畫面甚至有種莊嚴，讓漢薩暗想：「這原本是得向教會報告的事……嗯，就算了吧。」很快就決定裝作沒看見。

這當中──有兩名女性站在崖邊，望向西南方動也不動。

「還以為會使出什麼厲害的招式，結果只是用近代軍武那種半吊子威力硬推，真是笑死人了。至少也要準備個十倍吧。不管怎麼說，真正的勝負都得在砸下能夠確確實實消滅對手的資源以後才開始喔？」

身穿藍色高雅服飾的女性──有「人間最優美的鬣狗」之稱的艾蒂菲爾特家現任當家露維雅

潔莉塔・艾蒂菲爾特，似乎正在觀察聖杯戰爭之黑幕所採取的軍事行動結果。

「……」

另一名身穿紅衣，與露維雅對比強烈的女性，則是瞪視著應為攻擊目標所在的森林中央。

漢薩對這名女性的背景也十分熟悉。

她不僅是魔術世界的名人——漢薩成為聖杯戰爭監督官而取得的少數事前情報中，就有她的資料。

——遠坂凜。

冬木聖杯戰爭的中心人物——三大家族中遠坂家的後裔。

天生能兼用五大元素的英才，在艾梅洛教室公認與露維雅並駕齊驅，實力堅強。

漢薩看著凜的背影，半自言自語地說道：

「原來如此。學徒們為達成導師艾梅洛二世的夙願，全體出動來搶聖杯……是這樣嗎？」

然而，依然瞪視森林的遠坂凜否定了這句話。

「很抱歉，我們對擺明造假的東西沒興趣。和我們結下契約的騎兵也知道這點。」

其他人也自然而然在凜背後排成一列，面對顯然是障礙的敵方氣息。

距離這麼遠也似乎能侵蝕他們心靈的強烈氣息開始侵蝕大氣——但在場沒有一個人被那神氣逼退。

紅色惡魔代言其眾志般，說出他們的目的。

「我們——是來瓦解這場聖杯戰爭的。」

艾梅洛教室。

畢業生不到十五人，包含中途退選而從其他科畢業者在內也不到五十人，是鐘塔的少數派。

但是有不少人認為，他們人數雖少，卻足以左右鐘塔的權能版圖。

派系這東西就像生物一樣，會成長、躁動與獵捕萬物。

如今以騎兵主人的立場踏入聖杯戰爭的他們，會蹂躪什麼，又會得到什麼呢？

答案猶未可知。

即使是即將完全再臨的女神也說不準。

next episode [Fake08]

CLASS
???

※以下是建立在「假定為使役者」基礎下的資料。

主人	？？？
真名	提亞．厄斯克德司？
性別	原軀體為男性
身高、體重	比費拉特矮小。軀體有多處缺損與分離，故兩者皆不明。
屬性	混沌、中庸

肌力	E	魔力	A++
耐力	C	幸運	D
敏捷	A	寶具	EX

保有技能

魔圈居民：A

即使身在現實世界，也能將世界視作魔術構成，介入其通塞之間，予以分解、改變、吸收等的技能。好比能看見電磁波，並疊加到物理上的視界，讓他看見每一絲魔力的流向。並不是魔眼，對聽覺也有影響。若不是天生就習慣這樣的環境，連走路都有困難。

時間流操控：A

只要持續供給魔力，能夠自由加快或減緩其影響下的事物——包含魔力、物質與思考速度等概念。但這些加快和減緩仍限於常識範圍內，完全停止、光速化與逆轉等當然是在能力之外。

[redacted]

職階別能力

反魔力：EX
在干擾魔力，使其失效的技術為A+，一旦遭到破解就會降到B的水準。
單獨行動：A++
畢竟是獨立生物。即使是使役者，也能長時間單獨行動。

寶具

A Clockwork Abaddon
空洞異譚／忘卻化作祝祭

等級：A+　類別：對基寶具　範圍：2～視線範圍　最大捕捉：？？？
基本上是對物體施加多種魔術，加速至極限而發射的魔力加速炮。
若將解離原子的魔術壓縮至極限再施加於物體上，即可達成單純的強大殺傷力，也可施加催眠等精神性效果，應用範圍非常廣泛。由於仍只能施加目前地球上所能使用的魔術，當然不至於重現「魔法」或將其施加於物體之上。

空洞異端／喪失

[redacted]

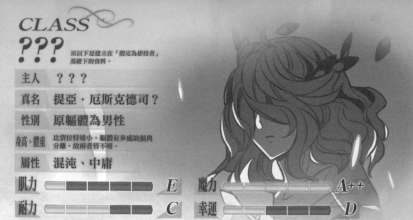

CLASS 真狂戰士

主人	哈露莉·波爾札克 （現資料含伊絲塔女神之影響）
真名	胡姆巴巴
性別	？？？
身高、體重	可變動，隨魔力含量增加。
屬性	秩序、中庸

肌力	A++	魔力	A
耐力	A++	幸運	D
敏捷	C	寶具	A

保有技能

魔力放射（災厄）：A

透過光輪放射洪水與地震等人間災厄相關的力量。
若條件允許，再縮限放射方向，甚至可達數百公里以外。
暴露在災厄之下者，將視災厄種類受到不同程度的創傷。

恐懼之吼：A++

以咆哮刺激生物本能的恐懼。
在某女神的加護狀態下，據說甚至能影響那位英雄王。

守護巨怪：B-

守護特定地點時，自身能力獲得提升。
由於傳說中沒能守到最後，因此降至 B- 水準。

職階別能力

狂化：A

寶具

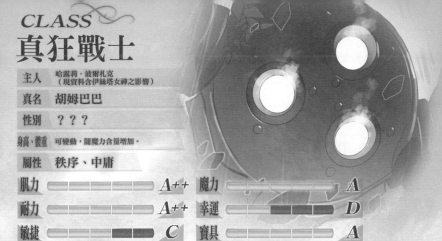

後記（由於會大幅洩露本篇劇情，因此推薦在閱讀完本篇後觀賞）

真的真的好久不見，我是成田良悟。

首先，讓我為讓各位苦等這麼久道歉……！

在這舉世混亂的兩年來，我的公私生活、身心理和其他事情也都十分混亂。但無論有什麼理由，讓各位在那種結尾之後等這麼久都是不爭的事實，實在非常抱歉……！

這部「Fake」，是我從PS2版第一次接觸「Fate」而驚為天人，才開始編寫的。在這個身心俱疲的時期幫我振作的，同樣也是「Fate」系列。

奈須老師：「我是作家兼提供FGO第二部第六章設定厚達好幾本文庫本的蕈類！」

我：「作家兼提供FGO第二部第六章設定厚達好幾本文庫本的蕈類？你那幾本每一本都厚到能當鈍器吧……？」

沒錯，就是ＦＧＯ第二部第六章。

在那般海量劇情和等比的厚重群像劇，與牽涉洩漏而不能明說的高潮迭起撞擊下，我一整個激動到不行，把原本的稿子大幅改寫，才終於完成這本第七集。

請奈須老師監修時的對話如下，真的一點都不誇張。

奈須老師：「復！活！成田良悟，復活！成田良悟，復活！成田良悟，復活！來吧，把這一整桶能量飲料喝完。」

我：「喂喂喂，會死人的。」

總之就是跟平常一樣，而這種久違地跟平常一樣的對話真的讓我非常高興。原本好像快要轉生到妖精國或新橫濱的我能走到這一步，全都是拜眾多讀者願意支持我所賜。感謝之餘，希望大家也能陪伴我跑到大綱已經寫起來的最後一集為止……！

話說北極會變成那樣，是因為三田老師說：「隔這麼久了，不如把戰鬥寫得浩大一點，讓劇情走向變得簡單明瞭。」所造成的結果，要是這個世界線的北極有哪個重要的東西因此消失了，可以說全都是三田老師的錯吧（卸責）。

而最後一幕呢，誠如各位所見，主人全都到齊了。見到最後的主人後，或許會有人覺得：「就算是群像劇，角色也未免增加太多了吧？」不過請放心，那個集團算是心智統一的主人。畢竟每個人分開描寫，真的會沒完沒了……！

其實起草這部作品時，我就把這個集團設定為最後的主人。不管在什麼情況下，都能將假的聖杯戰爭導向終結的關鍵。

也就是說，各位對聖杯戰爭結果的猜想，只到這集為止。從下集就開始有各方陣營勝負底定，一口氣進入高潮！其實我原本有打算把某些組別的結局寫進這集，但頁數恐怕會爆炸，所以很有自知之明地放到下一集去了……！

以下是向各位關係人士致謝的部分。

首先要向阿南責編道歉，這本真的拖了很久，添了各式各樣的麻煩。還有出版社和為我調整進度表的ＩＩＶ的各位。

「這個世界的美國總統叫啥？祈荒總統？」「穆席克總統？」「穆席克家應該沒擴張到美國去吧！」感謝各位這樣和我用心討論「Fate」的關係人士。後來我覺得沒必要寫出總統，所以還沒決定。

感謝三輪清宗老師等Team Barrel Roll成員，替我考證特定使役者與魔術相關設定。

感謝三田誠老師替我檢查、考證事件簿這邊的角色和設定，還給我那麼多寶貴意見。這些幫助有多大，從本集最後一幕應該就看得出來了……！

然後要感謝森井しづき老師在漫畫版最新的第五集發售時，也畫出那麼多美麗的插圖，擴大原作的世界觀。（漫畫版第五集已在二月上市，同樣是非常傑出的一冊，請各位務必一讀！）

（註：此為日本發售時間）

而最需要感謝的，當然是生出「Fate」這部作品並擔任監修的奈須きのこ老師與TYPE-MOON的各位，在恩奇都幕間故事方面提供協助的Fate/Grand Order製作群——以及即使等了這麼久也不吝捧起此書，讀到這裡的各位讀者。

真的太感謝各位了！敬請各位陪伴我到系列完結的那一天！

二〇二二年一月　「克制著不去寫第二部第六章和月姬R超長感想」　成田良悟

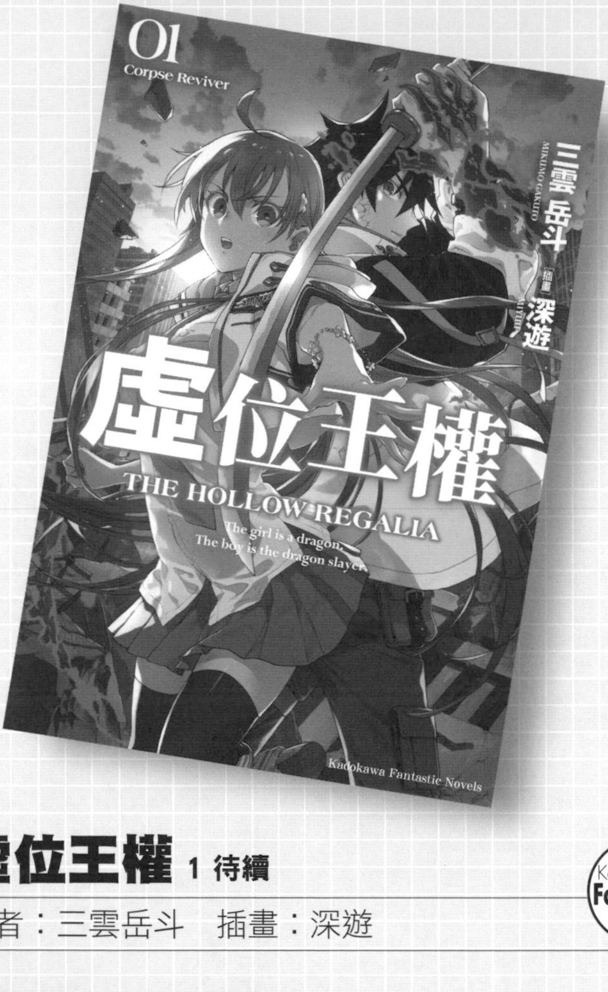

虛位王權 1 待續

Kadokawa Fantastic Novels

作者：三雲岳斗　插畫：深遊

龍與弒龍者；少女與少年——
日本的倖存者在廢墟都市「二十三區」相遇。

　　那天，巨龍現身在東京上空，被稱作魍獸的怪物大舉出現，加上「大殺戮」導致日本人滅絕。八尋是倖存的日本人。淋到龍血的他獲得了不死之軀，在化作廢墟的東京以搬運藝品為業。自稱藝品商的雙胞胎少女委託他回收有能力統領魍獸的櫛名田——

各 **NT$240/HK$80**

國家圖書館出版品預行編目資料

Fate/strange Fake/TYPE-MOON原作；成田良悟作；吳松諺譯. -- 初版. -- 臺北市：臺灣角川股份有限公司, 2022.11-

冊；　公分. -- (Kadokawa fantastic novels)

譯自：Fate/strange fake

ISBN 978-626-321-960-1(第7冊：平裝)

861.57　　　　111014878

Kadokawa
Fantastic
Novels

Fate/strange Fake 7

（原著名：Fate/strange Fake 7）

2022年11月23日　初版第1刷發行
2024年4月25日　初版第3刷發行

作　者：成田良悟
原　作：TYPE-MOON
插　畫：森井しづき
日版設計：WINFANWORKS
譯　者：吳松諺

發行人：台灣角川股份有限公司
總　監：呂慧君
總編輯：蔡佩芬
主　編：林秀儒
編　輯：楊芫青
設計指導：陳晞叡
美術設計：莊捷寧
印　務：李明修（主任）、張加恩（主任）、張凱棋、潘尚琪

發行所：台灣角川股份有限公司
地　址：104台北市中山區松江路223號3樓
電　話：（02）2515-3000
傳　真：（02）2515-0033
網　址：www.kadokawa.com.tw
劃撥帳戶：台灣角川股份有限公司
劃撥帳號：19487412
法律顧問：有澤法律事務所
製　版：尚騰印刷事業有限公司
ＩＳＢＮ：978-626-321-960-1